"十三五"国家重点出版物出版规划项目
云南八个人口较少民族发展丛书

大峡谷的灵光

彭愫英 / 著

云南出版集团 云南人民出版社

大峡谷的灵光

图书在版编目（CIP）数据

大峡谷的灵光 / 彭愫英著. -- 昆明 : 云南人民出版社, 2021.6

（云南八个人口较少民族发展丛书）

ISBN 978-7-222-20253-5

Ⅰ. ①大… Ⅱ. ①彭… Ⅲ. ①报告文学－中国－当代 Ⅳ. ① I25

中国版本图书馆 CIP 数据核字 (2021) 第 136810 号

项目策划：苏映华
责任编辑：刘 焰
助理编辑：李明珠
创意设计：熊小熊
责任校对：李 红 毛 雪
责任印制：窦雪松

云南八个人口较少民族发展丛书
DAXIAGU DE LINGGUANG
大峡谷的灵光
彭愫英/著

出　版　云南出版集团　云南人民出版社
发　行　云南人民出版社
社　址　昆明市环城西路609号
邮　编　650034
网　址　www.ynpph.com.cn
E-mail　ynrms@sina.com
开　本　889mm×1194mm　1/32
印　张　9.875
字　数　206千
版　次　2021年6月第1版第1次印刷
印　刷　云南新华印刷二厂有限责任公司
书　号　ISBN 978-7-222-20253-5
定　价　41.00元

如需购买图书、反馈意见，请与我社联系
总编室：0871-64109126　发行部：0871-64108507　审校部：0871-64164626
印制部：0871-64191534

云南人民出版社微信公众号

目录 CONTENTS

坐看怒江大峡谷

一

暴雨过后，大地露出干净清新的笑脸。村庄飞扬着雾霭，与天空的云严丝合缝，天与地没有明确的界限，天上人间挨得很近。山的皱褶塞满了炊烟般的云，一路召唤波涛喧嚣的怒江。

暮色黄昏，我安静地走在湿漉漉的美丽公路上，顺着怒江由北向南行走。公路紧傍碧罗雪山，在怒江东岸延伸。我的视野被桀骜不驯的怒江牵引，被西岸的高黎贡山上渐次亮起的灯光吸引。南来北往的车开着灯光经过，带起一股气流。我停下脚步，紧贴护栏，唯恐被气流卷走。公路上彩色的线条在车灯光映照里，给人错觉踩在彩虹的脊背上。美丽公路如虹，在怒江大峡谷蜿蜒。思绪如虹，升起怒江大峡谷上空。作为土生土长的怒江人，从听父辈讲述的步道到人马驿道故事里长大，在单行车道公路到双行车道公路的变化的过程里成长，从山脊上的千脚落地篱笆房到怒江边坝区的高楼大厦的变化过程中转变思想观念，感恩之情在怒江大峡谷油然而生。江风吹拂，心情如饴，我没有走村入户连轴转的疲惫，走在夜色中的美丽公路上，大峡谷的景致入眼，别有一番情趣。

夜色渐深，远处的山由远到近，从朦胧的浅蓝渐次深蓝。近处峰峦墨黑，被富有层次的蓝色捧在掌心里。灯火落在墨黑的峰峦上，给处在夜幕中的怒族村寨标识。夜幽邃，灯光是村寨的语言，给夜行人心灵抚慰。散落在高黎贡山胸怀里的灯光，就像怒江美石上的图案，任你凭空想象曼妙的诗句，任你编写浪漫的故事。公路紧贴峰峦峭壁，于山回路转里，怒江大峡谷汇聚充满神性的民间故事。怒江荡开两个山脉间的广度深度，400 里流程尽显山光水色壮美。

漫步美丽公路，不知何时，璀璨的江畔灯光与山腰里的零散灯光连接在一起，变成了一条俯卧的龙，倒挂在怒江西岸。龙以俯冲的方式，从高到低亲吻高黎贡山脚下的人类气息。龙头匍匐在坝区上，伸出快乐的双手，把村庄围拢在胸怀里，龙身和龙尾顺着山势斜挂在山梁上。雾在灯光映照下，就像画布上洇开的墨迹。黛青的峰峦连绵不绝，怒江穿行在高耸的群山之间，响声不绝于耳。

“那是太阳能路灯。”同伴指着“龙身”“龙尾”说。有路灯的地方，意味着有一个村寨通向另一个村寨。目光所及处，望断渐次斜升而上的“龙身”“龙尾”，也未见村寨的模糊影子。西岸的灯光诱人，但我们不打算去投宿，目标锁定在江东岸的匹河怒族乡里，就在前方四五千米处。没有车灯经过时，江水声格外响。夜色泛青，怒江大峡谷空旷而清幽，走美丽公路的脚步从容而自信。贪慕夜景，我慢悠悠地落在同伴的后面。在手机灯光里移动，走在前头的身影成了指路塔。

彩虹，彩虹……在手机电筒光照射下，我顽皮地踩在美丽公路的彩色线条上，无拘无束地向怒江大峡谷表达自己的快乐。美丽公路修建成了，保山到六库的高速公路也在紧锣密鼓地修建中，有望在2020年底通行。怒江公路大改观，怎不叫人快乐。就像一只幸福的小鸟，我轻轻触碰路边开放的红色叶子花，花瓣上的雨珠洒落地上。夜色朦胧，奔流的怒江水就像大地洇开的雾，与江岸上村庄洇开的雾互相呼应。

前方传来了歌声，周杰伦的吉他弹唱抚慰着前行的脚步：

哪里有彩虹告诉我
能不能把我的愿望还给我
为什么天这么安静
所有的云都跑到我这里
有没有口罩一个给我
释怀说了太多就成真不了
也许时间是一种解药……

旋律在夜空中荡漾，吉他弹奏就像鼓点敲在心上。爱是一服毒药，歌词引我共鸣，不由回顾十多年里在怒江大地上行走的足迹，故园情结盘桓内心，令写作者爱得深沉，爱得坚韧。美丽公路前世今生、怒江大峡谷古今变迁、火塘边传唱《创世记》，脑海里交叠怒江故事，难以抵御峡谷深处的人文魅力。

二

一条河流，水色深黑，孕育自青海省唐古拉山南麓，流经西藏，被藏族人民亲切地称为拉曲卡。这条河流记载在《尚书·禹贡》里，被称为黑水河。黑水河一路吸纳溪流，渐变成一条大河，从西藏进入云南省怒江傈僳族自治州（以下简称“怒江州”），被州内土著民族怒族称为阿怒日美，“阿怒”是怒族人的自称，“日美”是江的意思，阿怒日美翻译成汉话就是怒江。怒江的意思就是怒族人居住流域的河流。怒江的东岸是碧罗雪山山脉，海拔4000多米，西岸是高黎贡山山脉，海拔5000多米。在两大山脉夹峙中穿行，怒江水湍急，浪花翻卷，咆哮着纵贯怒江州边三县，即贡山独龙族怒族自治县（以下简称“贡山县”）、福贡县、泸水市，于上江镇蛮英流入保山市，经过德宏州，流入缅甸后改称萨尔温江，奔流向印度洋的安达曼海。怒江造就了举世闻名的怒江大峡谷，以一江拽两山的宏伟气势在大地上纵贯六七百千米。怒江大峡谷被称为世界第二大峡谷，也被人们称为东方大峡谷。

怒江州地处滇西横断山脉纵谷地区。州境内，在中部的碧罗雪山和高黎贡山之间，怒江流长 310 千米，形成了同长的怒江大峡谷；在东部的云岭和碧罗雪山之间，澜沧江从迪庆州进入兰坪白族普米族自治县（以下简称“兰坪县”），流长 130 千米，流入保山，形成了澜沧江峡谷；在西北部贡山县境内的高黎贡山和担当力卡山之间，自西藏入境的独龙江流长 80 千米，流入缅甸，形成了独龙江峡谷。云岭、碧罗雪山、高黎贡山、担当立卡山四座高山与澜沧江、怒江、独龙江三条大江，自东向西相间并列，令怒江州山地面积占 98% 以上，州境内除兰坪县的通甸、金顶平坝较为开阔外，怒江、澜沧江、独龙江畔只有大小不一的冲积扇、冲积堆、冲积裙。高山峡谷地貌典型，生存环境锻造了怒江人坚韧如山的品格。在大江大山滋润中，多民族和谐共居，民族文化交融却又保持个性特征，民风淳朴的怒江被世人称为最后一片净土，边地生活引人向往。

怒族是怒江境内最古老的土著民族，也是中国少数民族人口较少的民族之一，人口有 3 万多人（2010 年）。怒族先民是古氐羌族群的一员。《华阳国志·南中志》记载，隋朝之前，怒族先民从分布在滇西大理、保山一带的古老部落中分离出来，继续向滇西北迁徙，进入怒江。《蛮书》记载，“高黎贡山在永昌西，下临怒江”。元代地理志书记载，“蛮名怒江”，“潞江俗名怒江，出

怒江上第一座公路桥——跃进桥

潞蛮”。明代《百夷传》记载，“怒人颇类阿昌。蒲人、阿昌、哈喇、哈杜、怒人皆居山巅，种苦荞为食，余则居平地或水边，言语皆不通”；“弩人目稍深，貌尤黑，额颅及口边刺十字十余”。《南诏野史》记载，“怒人居永昌怒江内外，其江深险，四序皆燠，赤地生烟，

每二月瘴气腾空，两堤草头交结不开，名交头瘴。男子面多黄瘦，刚狠好杀猎，或采黄连为生，鲜及中寿。妇人披发，红藤勒首”。《滇志》记载，“怒人，男子发用绳束，高七八寸，妇人结布于后”。清代余庆远的《维西见闻纪》写道：“怒子，居怒江之内，界连康普、叶枝、阿墩子之间，迤南地名罗麦基，接连缅甸，素号野夷。男女披发，面刺青文，首勒红藤，麻布短衣，男著裤，女以裙，俱跣足。覆竹为屋，编竹为垣。谷产黎麦，蔬菜薯、蕷及芋，猎禽兽以佐食。无盐，无马骡，无盗，路不拾遗，非御虎豹，外户不扃。人精为竹器，织红纹麻布，麼西不远千往购之。”根据文献古籍和民间口口相传的故事，以及相关著述和考证，路蛮、怒人、弩人、怒子、怒夷，皆指今日的怒族先民。古代怒族人居住于山野，住房为千脚落地的竹楼，主要靠狩猎为生，刀耕火种，土特产品有黄连、黄蜡、兽皮、麻布、竹器等，有土司管辖。怒族学者李绍恩编著《中国怒族》一书，对怒族四个支系族源关系给予归纳，“根据史书记载和民间口承传说，怒族四大支系怒苏、阿依、阿怒、若柔的族源关系可大致描述为：①古氐羌族群—叟—昆明、鸠僚—潞蛮、野蛮—阿侬；②古氐羌族群—叟—昆明—鸠僚—潞蛮、野蛮—阿怒；③古氐羌族群—叟—昆明—乌蛮—施蛮—顺蛮—庐鹿、卢—怒苏；④古氐羌族群—叟—昆明—乌蛮—庐鹿—若柔”。

怒江州辖地的怒族四个支系，《中国怒族》阐述：“分布在福贡县匹河怒族乡的怒族（原碧江县匹河区）自称‘怒苏’，分布在福贡县上帕镇、鹿马登乡等地的怒族自称‘阿侬’，分布在贡山县的怒族自称‘阿怒’或‘怒’，分布在兰坪县兔峨乡和泸水县鲁掌镇的怒族自称‘若柔’。”怒族四个支系各自有语言，互不相通，皆属于汉藏语系藏缅语族，其中若柔语与怒苏语跟彝语支语言较近，阿侬语与阿怒语类似景颇语的特点。怒族各支系语言没有相应的民族文字，主要以口口相传民族历史文化。刻木为凭及结绳而治的原始方法是怒族人的记事方法。为了不让人口较少民族的非物质文化遗失，弥补汉语翻译难以准确表述的怒族情感的表达，在党的民族政策的指引下，通过语言界专家学者的指导和怒族语言工作组的不懈努力，怒族拥有了四个支系通用的怒语拼音文字，并于 2017 年出版了《怒苏汉简明词典》，为怒族同胞学习怒语拼音文字奠定了基础。

在高山峡谷中生活，虎、蜂、鼠、鸟、熊、麂、鹿、猴等动物成了怒族先民的图腾崇拜，于是便有了虎氏族、蜂氏族、鸟氏族等以动物类别的不同氏族。在怒族家谱传唱和神话故事中，孟英充是怒族支系公认的女始祖，她是蜂与蛇成亲后所生。她与虎、蜂、麂子、马鹿等动物交配，所生后代即成为多个民族。火塘边，怒族前辈唱响《创世纪》，背诵家谱，令人心仪。按照民间的说法，怒族家谱从女始祖孟英充这代起直至 1949 年前后，每代家谱 30 年。怒苏支系居住地，普洛村的老人能背诵 64 代家谱，经历了 1920 年历史；老姆登村的家谱比普洛村更早，有 78 代，经历了 2340 年历史；而在知子罗，怒族老人可以背诵 41 代家谱，经历了 1230 年历史。以神话传说开头而口口相传的家谱，令人对怒江大峡谷中古老的怒族充满探幽觅胜般的向往。随着更深入的探索，人们愈加感受到怒放文化历久不衰的魅力，而怒江各族人民生活繁衍于怒江流域的神秘时轮，更有待我们去发掘探讨。

怒族村名地名富有民族感情色彩，有深刻含义，无不透露出民族自信。就拿普洛村来说，村名是怒族语，意为有价值的、值得珍惜的地方。普洛村有个地方叫门拱，这是怒族话，意为地球的中心。在普洛村坐看怒江大峡谷，居高临下眺望怒江由北向南流淌，视野开阔，山连绵不绝，没入天边，怒江大峡谷幽深悠长，不由为“地球的中心”这样取地名的气魄和胆识所折服。而在兰坪怒族支系若柔人居住地免峨乡，人名与地名连在一起，如某某爹地。细考究起来，人名地名联名在 300 年前就有了，这是土地私有制的体现。简单的地名蕴含政治、经济、文化方面的内容。

中华人民共和国成立以前，怒族的土地所有制为个体家庭私有制、原始公社公有制、伙有共耕制三种不同的形态。20 世纪 50 年代初期，中共云南省委报党中央同意，对怒江州的景颇族、傈傈族、独龙族、怒族、白族支系勒墨人等采取特殊的“直接过渡”方针，这些生产力水平低下、处在原始社会末期或进入阶级社会但阶级分化不明显的民族所在地不进行土地改革，不划分阶级，直接地、逐步地过渡到社会主义社会。因此，怒族成了直过民族之一。

三

怒江州是古西南丝绸之路的重要通道，境内的古道连接滇藏茶马古道和滇缅茶马古道。因兰坪县产盐，境内的古道被称为盐马古道，泸水市、福贡县、贡山县境内的古道被称为茶马古道。“鸟路鼠道”是千山万壑中的原始步道，篾溜索、竹筏、猪槽船是渡江工具。人们互相往来，穿密林过深箐，过溜索爬天梯，砍刀开路，说不尽的艰辛。明末元初，人马驿道的建设才开始。明洪武十六年（1383 年），兰坪县啦井与大理州的剑川、云龙的驿道修通了，随着马帮通行，开创了怒江州连接内地的驿道运输历史。清代至民国时期，修建了云龙到片马、六库到保山、维西经贡山到西藏察瓦龙的驿道。居住在怒江州的各族人民因交通制约，大都处于原始经济和原始文化里，基本上是刀耕火种，经济状况非常落后，人民过着食不果腹、衣不蔽体的生活。

中华人民共和国成立后，怒江州发生了翻天覆地的变化，各族人民当家作主。有必要记住这些特殊的日子：1949 年 10 月至 12

月，兰坪县、碧江县、福贡县人民政府相继成立；1951 年 2 月，泸水县人民政府成立；1952 年 9 月，贡山县人民政府成立；1954 年 8 月，怒江傈僳族自治区正式成立。1957 年 1 月，怒江傈僳族自治区改为怒江傈僳族自治州；1973 年 8 月，怒江州由丽江地区直接改属中共云南省委领导，中共云南省委同意怒江州的州府从碧江县知子罗镇搬迁

到泸水县六库镇，次年，州直机关陆续迁移到六库办公；1986 年 12 月，碧江县撤销建制，辖地一部分归入福贡县，一部分归入泸水县；2016 年 6 月，泸水县撤县改为市。

从 1950 年开始，党和政府把怒江的经济工作重点放在干线驿道的修复和改建上。经过 10 年的努力，怒江州的干线驿道比中华人民共和国成立前翻了一番。其中，值得书写的是碧江—营盘盐马古道，这是盐马古道中重要的一条线路，起点是知子罗，连接着怒江大峡谷内的边境县，终点是兰坪县营盘镇，连接产盐中心啦井镇。从知子罗翻越碧罗雪山到达营盘，经过啦井到达金顶镇，翻越盐路山，经过上兰、马登到达剑川县城，这是怒江人走内地的一条重要通道，也是怒江州在没有公路开通时的重要运输线路，内地支援怒江州建州及各县建设的物资源源不断从碧江—营盘盐马古道运往怒江大峡谷。

怒江州第一任州长裴阿欠到北京参加全国人民代表大会，他向毛泽东主席、周恩来总理等中央领导提出在怒江修建一条公路和一根电话线的请求，“要一根大地的腰带，与祖国系在一起，架一幅蜘蛛网，与党中央联系在一起”。裴阿欠在全国人民代表大会上的建议引起了党和国家领导人高度重视。1956 年 8 月，怒江州第一条公路瓦窑至碧江公路开工，紧接着州内第一座跨江大桥，即跃进钢索汽车吊桥于 1958 年建成。瓦碧公路直至 1962 年 1 月竣工。瓦碧公路和跃进桥建成，怒江州交通史上没有公路和跨江桥的记载宣告结束。1963 年 5 月，从剑川县到兰坪县的公路剑兰公路竣工。这两条公路就像怒江州的动脉血管，不断延伸向怒江的各县及乡镇。如大血管般的公路有了，毛细血管般的公路不断旁生，怒江的交通网不断得以完善，怒江、澜沧江、独龙江上的各类桥梁不断建了起来，怒江上沉船事故及溜索过渡事故随着交通条件的改善少了。

怀着肃穆的心情，我们走向碧江烈士陵园。大雨变成了蒙蒙细雨，山雾笼罩知子罗。石板台阶沿着山势而上，两边分布着一层又一层坟墓。走上湿漉漉的台阶，我选择了一排坟墓上红五星较多的，读一个又一个墓志铭。难以忘怀历史叙事中“边纵”七支队从碧江—营盘盐马古道到达知子罗，进入怒江大峡谷，解放怒江边境各县，建立人民政府的往事。碧江烈士陵园里长眠着“边纵”七支队的战士，以及各行各业牺牲的建设者们。守墓人告诉我，墓檐上有红五星的是“边纵”七支队战士的坟墓。

墓群中有个特殊的合葬墓，碑文记载了 1957 年 6 月 8 日在洛本卓保登渡口发生翻船事件，参加兴修水利的干部工人共有 28 人牺牲，他们中有傈僳族、怒族、白族、汉族等民族的技工和青壮年工人，碧江县人民政府在烈士墓立碑表志。随着瓦碧公路上的碧福桥修通，这样的悲剧成为历史。

“为有牺牲多壮志，敢教日月换新天。”一座坟墓两边的对联引起了我的关注。在一定的历史时期里，这两句叫得响亮而豪情万丈的毛泽东诗句，镌刻在一座坟墓的两边石柱上，红颜色的字与坟墓上的红色五角星呼应。这座坟墓处在石阶边，醒目。墓碑

过溜索

上写着“张永生之墓”几个红色大字，旁边有黑色小字的简介。张永生是丽江市永胜人，于 1970 年 3 月应征到“156 工程”工作，同年 9 月 24 日因公牺牲，卒年 18 岁。我向坟墓鞠躬，在坟前默默地站了好一会儿。所谓“156 工程”，指建设瓦碧公路延伸线，即由原碧江匹河经过福贡县直通贡山的公路有 156 千米。“156 工程”于 1970 年开始建设，直至 1976 年完成，历经 5 年半时间。在怒江大峡谷建设一条沿江公路，在那个年代是异常艰辛的工程，不知多少人为之牺牲。告别碧江烈士陵园，坐在电毛驴上，向着雾气深处的知子罗而去，眼前难以挥开墓碑文。

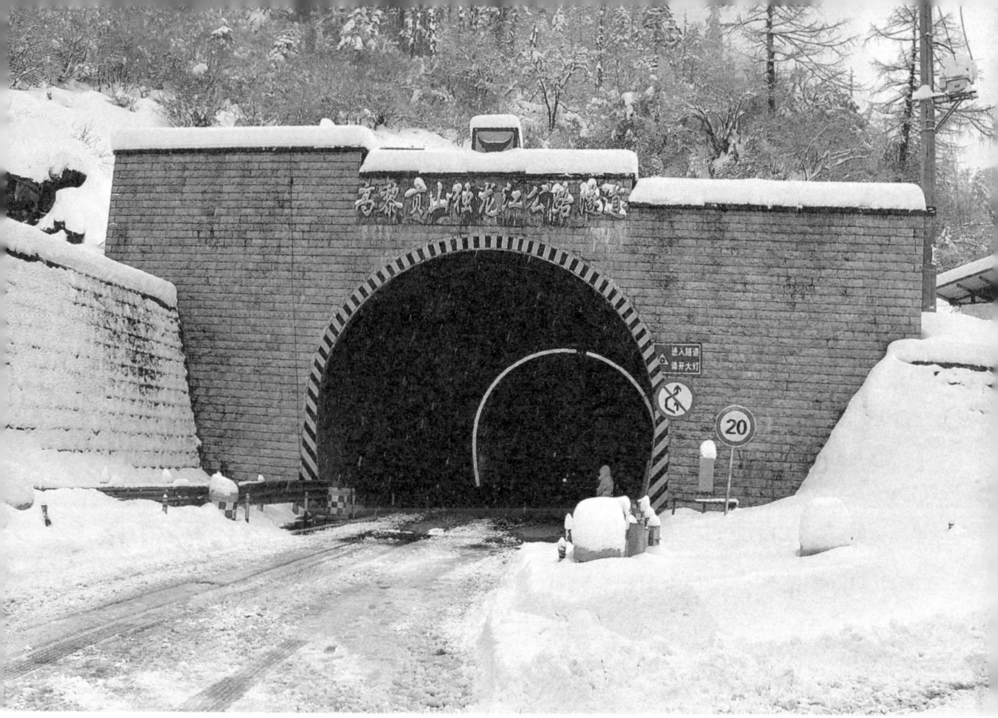

独龙江公路隧道

瓦碧公路的开通，令怒江州交通史掀开了史无前例的新篇章，经济建设随着交通的日新月异变化飞跃地发展着，一改刀耕火种的落后面貌。20 世纪 80 年代中期，全州的县乡公路建设使交通落后的状况得以改善。1990 年，在党中央的关怀下，怒江州被国家交通部、云南省交通厅列为扶贫联系点，实行以交通为龙头的全方位扶贫。“举全州之力，修致富之路”，中共怒江州委、州政府向全州各族人民发出了号召。怒江州公路里程不断延伸，涵洞数量增多，怒江、澜沧江、独龙江上的桥梁增多。到 1998 年底，以怒江州州府所在地六库为中心，连接全州县、乡镇、行政村的公路交通网已形成，打开了通向内地及缅甸的通道。其中也包括独龙江公路，全国唯一未通公路的少数民族独龙族聚居区拥有了自己的公路。

怒江州有傈僳族、怒族、独龙族、普米族等 22 个少数民族，集直过民族、人口较少民族、独有民族、跨境民族于一体，是中国民族族别最多和人口较少民族最多的自治州，是全国深度贫困地区“三区三州”的典型代表。怒江州是习近平总书记最牵挂、最关心的地方。党的十八大以来，习近平总书记一次会见贡山县干部群众、两次回信给贡山县独龙族群众、多次对怒江发展问题做出批示，并听取怒江州脱贫攻坚推进情况汇报。怒江州打响脱贫攻坚战后，州委、州政府提出了一个响亮的口号：“怒江缺条件，但不缺精神，不缺斗志。”全州各族人民在州委、州政府的领导下，上下一心，以不获全胜决不收兵的决心和勇气，坚决打赢脱贫攻坚战。在党中央的关怀和省委、省政府的关心下，在社会各界倾情帮扶或参与怒江优势资源开发助力怒江脱贫攻坚下，在怒江人民的团结奋进下，怒江州的脱贫攻坚战役取得了令人瞩目的成绩，10 万群众易地扶贫搬迁安置，绿水青山生态名片建设使得森林覆盖率大幅提升，产业得到大力发展，交通飞跃发展，人民的物质生活和精神面貌进一步提高，抒写了中国减贫事业的“怒江样本”，创造了一步千年的神奇。

怒江天堑变通途，交通基础设施建设为一高速两干线六通道一机场两条铁路：一高速指保山—泸水高速公路；两干线都是二级公路，其纵线为六库—丙中洛，横线为六库—兰坪，六库—片马口岸；六通道指迪庆州德钦—贡山县捧打的四级公路，迪庆州维西—福贡县石月亮的三级公路，丽江市石鼓—兰坪县通甸的三级公路，泸水市六库—保山市腾冲市界头的二级公路，兰坪县城北—福贡县匹河的二级公路，贡山线丙中洛—西藏察隅县吉瓦图的三级公路；一机场指怒江机场；两条铁路指大瑞铁路连通六库铁路、大丽铁路连通兰坪铁路。依托大滇西旅游环线的五纵五横建设，推进怒江旅游业发展。

2020 年 4 月 9 日，怒江州人民政府上线云南人民广播电台新

兰坪县丰华机场

闻广播《金色热线》节目，在直播间，州长李文辉谈到怒江交通时说，美丽公路建成后，从怒江到独龙江，也只用一天半的时间。力争在 2023 年之前，把怒江的飞机场建设好，同时在 2022 年之前把贡山的通用机场建设好。到那时，怒江将会有三个机场：北边有贡山县的通用机场，南边有怒江的民用机场，东边有兰坪县通甸镇丰华机场。三个机场刚好在怒江成了正三角形。到那时，从昆明坐飞机到兰坪县，再从兰坪县坐飞机到贡山县，再从贡山县坐飞机到泸水市辖地内的怒江民用机场回昆明。怒江州要在近三年内实现这个目标。

交通规划前景令人兴奋，让人情不自禁回首往日交通状况。怒江州第一条公路瓦碧公路竣工，当第一辆汽车开到当年的州府所在地知子罗，老百姓激动地摸一摸这铁家伙，有人还拿着一把青草喂汽车。半个世纪多的时光过去了，当兰坪县丰华机场通航，飞机降落到兰坪大地时，老百姓激动的心情可想而知，“怒江有飞机了！我们有飞机了！”

穿过暮色黄昏，悠然走在美丽公路上，这条从北到南贯穿怒江州贡山县、福贡县、泸水市的交通大动脉，于观赏沿线怒江大峡谷景致里，品读怒江各族人民的美好生活。怒江美丽公路指从国道 219 线贡山县丙中洛镇至泸水市六库镇二级公路改扩建工程，这是交通运输部“十三五”国省干道改造重点项目、省交通扶贫“双百工程”中“一百项骨干通道工程”之一，是大滇西旅游环线的主干道之一。美丽公路建设中，怒江按照“交通 + 旅游 + 产业”

的综合交通发展理念，同步开展路域环境整治，依法依规拆除美丽公路与江畔之间的违章建筑和破旧民居，对沿线地质灾害点、河流、山洪沟进行综合治理，因地制宜建设一批沿江民族特色旅游村镇，遍植树木花草，打造“车在江边走，人在画中游”的峡谷公路景观。美丽公路与大理、保山串联通达，成为大滇西旅游环线规划的重要组成部分、骑

行怒江大峡谷的精品路线。信步于美丽公路，无法忘怀瓦碧公路和“156 工程”，美丽公路的前世今生，让人看到怒江州的历史进步与社会发展。

走过美丽公路后，不妨安静地读一读怒江州志和交通志，就会感慨“数风流人物，还看今朝”。

四

怒江大峡谷发生了翻天覆地的变化，怒族人民的观念也发生了翻天覆地的变化，其中就有送子女上学，没有男女性别歧视。教育的普及，令怒族子女通过读书改变命运，在人生长河中写下了浓墨重彩的华章。怒族孩子在红旗下长大，其中涌现了一批又一批知识分子，拥有了大学生、博士生，他们在不同的领域以骄人的成绩展示怒族人文魅力，使得怒江江畔这个古老的民族绽放更加迷人的风采，佐证了新时代中怒族的人格力量，以某种角度、某种视野诠释了人民当家作主的内涵。其中，亚娜在人生中刷新的多个第一，可以说是最有力的例子。

1950 年 11 月，中央民族访问团到老姆登村慰问，宣传党的民族政策，向怒族老百姓馈赠礼物。封闭的老姆登打开了通向外界的山门，村里的变化让亚娜的父亲深受震撼，这位老实巴交的农民决定把小女儿亚娜送到学校读书。1954 年，9 岁的亚娜背着布书包上学了，成了省立碧罗完小的一名学生。亚娜上学开启了怒江州少数民族女孩子接受汉文化教育的先河，是怒族女性进学堂受教育的第一人。1957 年，怒江州成立了少先队组织，亚娜是第一批少先队员，担任中队长、大队长。1960 年 7 月，亚娜小学毕业了，因成绩优异被保送到昆明师范学校学习，成了第一个到省城求学的怒族女性。走出怒江大峡谷，到省城读书，这是祖祖辈辈怒族女子中开天辟地的事。亚娜的视野被打开了。作为怒江人，她自尊且自信，要为民族争光成了她的学习动力。在三年的中师学习生涯中，她刻苦学习，成绩名列前茅。从昆明师范学校毕业后，亚娜被保送到中央民族学院预科一部医预班学习，成了怒江州第一个到首都北京读大学的女孩。在北京读书期间，她参加了周恩来总理宴请柬埔寨西哈努克亲王的国宴，成了第一个参加国宴的怒江人。八年北京求学生涯，令来自怒江大峡谷的怒族女孩亚娜成长为一位美丽优雅的女性，有理想、有抱负。1968 年，亚娜从中央民族学院毕业，她回到故乡，被分配到碧江县广播站从事播音工作，成为第一个怒族播音员。一年后，这位操着一口标准、流利普通话的女播音员，响应知识青年上山下乡再教育的号召，到碧江县匹河区普洛乡夸拉地小学教书，成为第一个怒族女教师。1983 年 7 月，亚娜担任怒江州副州长，成为怒族妇女中第一个担任处级以上领导职务的干部。担任副州长期间，她分管政法、民族宗教和教科文卫体，兼任过云南省少数民族语言文字工作指导委员会副主任、怒江州妇女儿童工作委员会主任、怒江州

六库

红十字会会长、怒江州残疾人联合会主席、怒江州招生委员会主任等职。1998 年 2 月，亚娜调到省政协工作，担任政协科教文卫体委员会副主任，成为怒族女性中第一个正厅级干部。她退休后，致力于怒族文化事业发展，担任云南省怒族协会会长。

亚娜担任怒江州副州长时期，我在怒江州教委工作。她主管教育，我有时在局里见到她。她剪着短发，一口流利的普通话，美丽才情，优雅风度，留给我的印象较深。2020 年 4 月，我到六库城新城区拜访在女儿家休养的亚娜，虽然她一头银发，但魅力不减当年。巧遇福贡县怒族学会会长曲路，就怒族话题，我向两位怒族前辈请教。

怒族是一个古老的民族，他们在怒江大地上创造奇迹。宽容、诚信、和谐、勤奋，这是怒族的民族精神。走访怒族聚居地，品读怒族古耕文明，我在古崖画前驻足，在火塘边听怒族老阿爸老阿妈唱响《创世纪》《阿楼西杯》《狩猎歌》等。口口相传的故事，无不闪耀着民族智慧，丰富怒江民族文化宝库。

追寻怒族精英踪迹，我从六库城出发，沿着怒江向北而行，一路观赏美丽公路的景致，在匹河街稍作逗留，包了一辆车到老姆登，在村里住了几天后，再到知子罗寻梦。知子罗曾经是州府和原碧江县城所在地，这座被号称“记忆之城”的山城，于怒族古今变迁里，承载乡愁。蒙蒙细雨滋润大地，我撑着伞走向广场，邂逅罗世保。云南人民出版社策划出版“云南直过民族和人口较少民族发展丛书”，我承担怒族卷创作任务，而他承担直过民族傈僳族卷创作任务。两代怒江州作协主席不期而遇知子罗广场，说不完的民族文化和民族精神话题。

怒族不仅是直过民族，而且是人口较少民族，尽管书面文学起步较晚，但因其在怒江大峡谷是最古老的民族，口口相传里沉淀的历史文化底蕴深厚，口头文学样式有神话、传说、故事、民歌等。怒族文学由口头文学转化为书面文学，可以说是在中华人民共和国成立之后，起初，基本上以记录、搜集、整理民族文化遗产为主。党的十一届三中全会召开以后，怒族基本上有了作家群、文化艺术群，涌现出许多优秀的文艺创作者，如李卫才、叶世富、罗沙益、彭兆清、彭义良、普利颜等人。怒族作家罗沙益是第一届怒江州文学工作者协会理事，他的小说创作开了怒族文学创作的先河，反映了怒族现实生活，把怒族的民族历史、人物与现实的社会生活高度融合在一起。他从事小说、散文创作外，还搜集、翻译、整理了很多怒族民间文学作品。罗世保高度评价了罗沙益对怒族文学的贡献，罗沙益的创作离不开民族的根，反映怒族人民的历史社会文化。

梳理怒族文学，罗世保对罗沙益的评价，令我想起了新一代怒族作家在文学史上留下的足迹：

2012 年 6 月 29 日至 7 月 7 日，由云南省文联主办，云南省作协、楚雄州文联、楚雄市文联承办云南省少数民族青年作家培训班，其间，举办了 2012 年云南少数民族文学精品奖颁奖典礼暨少数民族文学创作论坛。怒江州的怒族作家李金荣的诗集《老姆登》被评为精品奖。当他上台领奖时，作为云南省少数民族青年作家培训班中的一名怒江籍学员，我感到自豪，也备受鼓舞。李金荣是继彭兆清之后怒族作家中第二个中国作家协会会员。李金荣出生在匹河怒族乡老姆登村，毕业于云南教育学院，省委党校在职研究生学历。他热爱文学，热爱诗歌，曾在《诗刊》《芳草》《时代文学》《边疆文学》《人民日报》等报刊发表过诗歌、散文，新闻作品曾获得国家级二等奖。2009 年 9 月至 2010 年 1 月参加鲁迅

文学院第 12 届高级研讨班（少数民族作家班）学习，并应邀参加新中国成立 60 周年国庆观礼，出版有中国怒族第一本公开出版的个人诗集《老姆登》，曾主编《新时期中国少数民族文学卷·怒族卷》《新时期云南少数民族文学卷·怒族卷》。

2019 年 9 月至 2020 年 1 月，鲁迅文学院第 37 届中青年作家高级研讨班（以下简称“鲁 37 班”）在京举办，这是中华人民共和国成立 70 周年，鲁迅文学院举办的 56 个民族作家班。我作为白族学员，与来自兰坪县的怒族作家李铁柱、贡山县的独龙族作家巴伟东成了鲁 37 班同学。李铁柱毕业于怒江民族师范，以诗歌与散文创作为主。在鲁 37 班诗歌改稿课上，老师对他的诗歌评价较高，有的同学说他是隐藏的豹子，对他的创作比较看好。他的作品散见于《民族文学》《边疆文学》《湖北青年诗刊》《作家文摘》等刊物上。

2019年12月，在中国作家协会、《民族文学》和中共阿坝州委、州政府共同主办“祖国在我心中——庆祝新中国成立70周年多语种散文有奖征文”活动中，怒族作家刘文青的散文《弹达比亚的怒族人》从全国400多件作品中脱颖而出，斩获三等奖。我与一位鲁37班的云南同学跟随《民族文学》的编辑老师们从北京到阿坝州领奖，看着领奖台上的怒族作家刘文青，为怒族文学乃至怒江作家的长江后浪推前浪感到欣慰。2013年11月，刘文青参加由中国作家协会和鲁迅文学院共同举办的鲁迅文学院第八期少数民族文学创作培训班，2018年5月参加由鲁迅文学院和云南省作家协会共同举办的云南省首届人口较少民族文学创作培训班。通过参加各级各类的文学创作培训，刘文青增强了文学素养，提高了文学创作水平。刘文青毕业于怒江州民族中等专业学校，十多年来，他始终锲而不舍地尝试散文、诗歌等多种体裁的文学创作，并陆续在国家级、省州级等各级各类报刊上发表。有作品收入《中国诗人年度诗歌选集（2018）》《中国百年诗人新诗精选》《少数民族80后90后诗人诗选》《中国少数民族文学作品精选（怒族卷）》《中国当代诗词精品库》等多种选本。2019年10月，由云南人民出版社出版个人诗集《山顶上有我的村庄》，这是中国怒族作者公开出版的第二本诗集，诗集面世后得到了州内外文学艺术界的广泛认可和好评。

李金荣、李铁柱是20世纪70年代中后期出生的怒族人，刘文青是20世纪80年代出生的怒族人，他们三人为代表的新一代

猪槽船

怒族作家群，把怒族文学推向一个新的台阶。

从匹河怒族乡返回州府所在地六库城，我搭乘的是一位怒族老乡的车。他喜欢音乐，一路放着民族歌。他搞农村营运，一双儿女在福建打工，妻子在皇冠山观景台卖凉粉，一家四口各忙活各的。他打算开办农家乐，让儿女回故乡发展。美丽公路修好了，来怒江大峡谷旅游的人越来越多，孩子们可以在家乡发展，不用到外省去打工了。说起交通，说起旅游，说着他要加入老姆登村客栈产业里的美好前景，他自信地说："总有一天，外地人会来给我们怒江人打工的。"他笑声爽朗，跟着音乐旋律快乐地哼歌。看着车窗外的峡谷风光，我被他的情绪感染，也合着音乐节拍哼起了歌。

怒江两岸增添了新景点，易地扶贫搬迁安置点的高楼大厦屹立怒江畔，群山成了衬景。雾在山中游，人在画中行。

寻梦丙中洛

一

五彩经幡飘扬，传诵万千祈愿。诵经台落叶萧萧，仙女洞静默在风里。我没有在杜鹃花开浪漫时节来洞里接圣水，而是与冬天盛开的油菜花有约，携带一江流淌的翡翠，慕名前来拜祭仙女阿茸，这位活在丙中洛人民心中的怒族姑娘。她在怒江上创造溜索，以便两岸同胞往来；在高黎贡山上凿山洞，引清泉水解救处于干旱中的苍生；不畏头人逼婚，以身护泉眼。阿茸美丽聪明，善良坚贞，不畏权势，成为生活在嘎娃嘎普雪山下的民族审美象征。

坐在仙女洞前放眼望去，丙中洛坝子呈三个扇面，没有令人悦目的金黄稻浪，也没有宜人的青青庄稼，红土裸露，油菜花零散开放，间杂嫩绿的麦苗、白色的地膜，现代化建筑如龙游走于田野。重峦叠嶂，雾纱朦胧。崖壁静悄悄，风吹过蟒蛇聚会的地盘，脚步轻轻又轻轻，唯恐惊醒冬眠的蟒蛇。村庄恬静安详，炊烟三两缕。怒江缓缓流淌，一江翠绿惹人爱。丙中洛的田野风光不因季节而显萧瑟，冬韵盘坐心头，另有一番魅力。

十大神山守护丙中洛，首山嘎娃嘎普上白雪皑皑，雾气缭绕。普化寺背依嘎娃嘎普，面对田野。新寺院建筑华丽，藏族风格浓郁。寺里法号寂寂，难觅当年喇嘛身影。正是农历初十日，藏传佛教徒聚在重润转经祈福，普化寺的喇嘛们都到重润去了。站在普化寺院坝里赏景，神秘与开阔、大气与婉约交织眼前，感受丙中洛别样的美。

踏入旧寺院，经幢林立，唐卡炫目。眼光穿过经卷，寻找似曾相识的痕迹，思绪悠悠，情愫悠悠。忆当年，与五位文友和一位摄影师到普化寺游玩，寺院简陋，极其普通的一座木房子，屋内没有经幢，泥地夯实，供奉一尊佛。楼上住着一位喇嘛，听到声音，露了一下头，算是跟我们打过招呼，无声无息地沉入其世界中去了。

我们拜过佛，一束阳光破窗而入，罩在一把颇有年代的木椅上。一位文友坐了上去，建议留张合影。我们以他为中心，站在椅子周围，摄影师把相机固定在三脚架上，设置自拍，跑过来站在右侧给他留的位置上，镜头定格了这一情景。

“哎哟！”坐在木椅上的人突然惊叫。

大伙惊问：“怎么了？”

木椅上的人捂着脸颊，痛苦地说："我被蜂子蜇了。"

他松开手，脸颊上果然隆起一个包。

佛像威严，光束温暖。没有听到蜂子扇动翅膀的嗡嗡声，更没见蜂子的影子，大伙面面相觑，心头怵然，于是高声向楼上的喇嘛求解。

喇嘛没露面，说了一句偈语。我听得不甚明白，问伙伴，他们也是稀里糊涂的。我们再问楼上何意，没有回声。

默然告别喇嘛，我们走出普化寺，行不多远，文友脸颊上的肿块消失……

十多年前的情景，恍然一梦。

二

我到重涧时，转经仪式已结束。大白塔上如伞撑开的经幡不时飘动，玛尼堆前恭敬信众心愿。场院里，信徒们排队上楼拜佛。一位年老的喇嘛坐在楼梯口侧门边，一位可爱的小女孩绕膝撒娇。我排着队，随着信徒上楼拜佛。信徒们匍匐在地磕长头，虔诚拜佛。站在门外侧，没看到门里的活佛，只看到坐在门两侧的喇嘛。我双手合十，躬身施礼拜佛，随着磕完头的信徒走下楼梯。

再次来到大白塔边，一位中年男子抱着女儿转动经筒，我心生转经祈福的念头，问身边一位信徒，我能转经祈福么？她告诉

↑普化寺

↓仙女洞接圣水

我，只有信徒才能转经。目光随着经幡飘动，想起一位藏族同学所言，这印有诸多经文并裁成长条的织物，是连接人与神的纽带，蓝色象征天空，白色象征祥云，红色象征火焰，黄色象征大地，绿色象征水，经幡随风而舞，每飘动一下，就是诵经一次。头上的经幡不时被风掀动，不时向神传达人的愿望，祈求神的庇佑。我不是佛教徒，不能转经，只能在白塔边转悠，怅然若失间，有个信徒特意过来告诉我："你可以转经。"

转动经筒，心底流淌幸福。

重丁天主教堂离重涧不远，这座颇有欧式风味建筑的教堂，与玛尼堆遥相呼应。行走于丙中洛，眼见天主教堂，转身撞见转经的藏传佛教徒，还能听到基督教堂传出赞美诗，在这块弹丸之地上，多种宗教和谐共处，怒族、藏族、傈僳族、独龙族等少数民族和谐共居。丙中洛是人神共居的地方，令人迷醉。

说不清自己为何要来丙中洛寻梦。

丙中洛吸引我一次又一次前往，不仅仅是英国作家詹姆斯·希尔顿在其小说《消失的地平线》里描述"世外桃源"——传说中的香格里拉，更主要的是我曾经在丙中洛工作过，融入乡土风情里，难以忘怀丙中洛的人文情怀。

茨开大桥是箱形拱桥，未建成前，进入贡山县城需过旁边那座已废弃的钢索吊桥。从贡山县城到丙中洛是一条土路，雨季期间，泥石流不断。我与同事到丙中洛下乡，在丙中洛待了两天，泥石流暴发，通往县城的公路断了，丙中洛成了与外界断绝往来的孤岛。当时，公路没通到石门关，汹涌澎湃的怒江水和峰回路转的茶马古道，令我感同身受过石门关到西藏地界察瓦龙的古驿道的艰辛。雨下个不停，我们走在泥泞街道上，去拜访丙中洛居民，所到之处，无不令人感到火塘的温暖和侠拉酒的热情。生活和工作在丙中洛的人们没有一丝抱怨，恶劣的气候和简陋的环境没有销蚀人们乐观向上的人生态度，人心宁静祥和美好。丙中洛人率真纯朴，本性自然流露，为人毫不势利。

两个星期后，单位通知我们返回。我们离开丙中洛时，泥石流路段还没修通，乡里的拖拉机送我们到公路塌方处，走过泥石流路段，再坐上县里来接的车到贡山县城，搭客车回六库城。

云南省作协举办滇西笔会，轮到怒江州首次做东道主，我作为参会人员，与大伙来到丙中洛采风，想不到在丙中洛邂逅校友蔡青。他从怒江师范学校毕业后，主动放弃回号称怒江州内地的兰坪县工作，志愿到怒江州最边远、最艰苦的贡山县支教，扎根丙中洛，娶了当地的怒族女子为妻。在蔡青家简陋的石片屋里，他拿出几本厚厚的剪报，上面张贴着他喜欢的文章，搜集较多的是怒江文友的作品，尤其是校友的作品。翻着剪报，文友们无比惊喜地叫着："看，有你的文章。""呀，这里有我的作品。"就像冲刺跑时啦啦队呐喊助威、出征时擂响战鼓，流淌在几位文友心头的情愫，用感动、情谊、温馨、给力、鼓劲，都不足以概括当时的心情。醇香弥漫，搁在茶几上的杯中酒，还没沾唇，心已醉。

近 30 年时光，弹指一挥间。当年聚会丙中洛的校友，犹如丙中洛众神庇护的虔诚教徒，从没放弃信仰和信念，坚守在各自领域里，情怀热烈如初，不因岁月染霜而改变初衷。

虔敬与忠贞，时间考验着人的意志。

三

置身丙中洛，不能不说雾。

宛如凝脂般的雾，抖动着、舒展着宽广的袖，在峻峭的山峦间曼舞，沿山谷蜿蜒。雾在山腰行，山在雾上立，雄壮与纤美，在明朗的天幕下相得益彰。有时，如画家笔下点缀，在你目及处，好似仙人踏云，绿水青山上不经意地飘着雾。有时，雾在丙中洛坝子上风云际会，让人恍惚刀戈剑戟从古战场上穿越时空向着你而来。有时，雾淡如云烟，浓墨重彩，有的丝丝缕缕相连，也有的独自飘逸，映衬蓝天中悠然的白云，串接峡谷中飘荡的山歌。

有幸与漫天的雾相遇，身在其中，隐隐约约见几步之遥的朋友，雾牵引他的呼吸，从耳边流过。雾中飞行细小的颗粒，轻盈而又欢快，精灵般包裹着我，眼目被轻柔地洗亮，心不可思议地明朗纯净。我伸出双手，想触摸并抓住这流动的颗粒，眼见的并不一定能触摸得到，这也许是雾幻化的喘息或是流动的心律，只能感受，只能倾听。伸出的双手被不可思议地洗过，又被细细地

怒江第一湾

擦拭干净。伫立雾深处，触动心灵，于无形之处，点点滴滴汇聚成幸福。

贡山溶石洞多，怒族人称之为“兰布”的石洞，没有出水出气的功能，而众多被称为“乃”或“乃洞”的，有水有雾气，是大地透气的出气孔。也许因了这大地透气而升腾的雾气，与生俱来糅合了天与地仙气的精华，丙中洛孕育太多优美的神话故事与传说。

再次来到丙中洛，感受雾的呼吸，想起辞世多年的朋友，叹人生无常，世事难料。联想释迦牟尼佛与几个弟子对话，感慨万分。佛问：“人命在几许？”有个弟子答曰：“人命在旦夕间。”佛说：“不对。”又问另一弟子，答曰：“人命在饮食间。”佛说：

“也不对。”佛最后又问一个弟子，那人说：“人命在呼吸间。”佛说：“对了。”

四

站在山冈上鸟瞰怒江，绿水扬波，蜿蜒蛇形，穿过石门关，隐没山谷里。公路出石门关，溯流而上，可达号称西藏高原的江南之乡察隅县；顺流而下，可达怒江州府所在地六库城。峡谷深深，山峦连绵不断，怒江奔向大海的脚步疾驰奔放。

木屋依山而建，伫立台地上。屋前种着大麦、油菜。油菜花开璀璨，就像山里人热情好客的笑脸。房屋右边是一块闲置的地，左边是一株蓓蕾初绽的桃树，后边是悬崖。屋门紧锁，狗被铁链锁着，蜷缩在屋门口，看到人来，凶猛跃起，无奈被铁链子锁住，狂叫声声。

石门关再险峻，也不过是天地间摆放的一枚棋子。站在木屋边鸟瞰山谷，联想到一盘人生还没下完的残棋，不忍让心晾晒在风里，从台地到谷底，走到怒江边，撩起江水洗脸，一滴清泪落入怒江，向着远方奔去。临水仰望高耸入天的峰峦，才真切感受到滇藏茶马古道上重要关隘石门关的险峻，才知道什么是一夫当关，万夫莫开：碧罗雪山坐落在怒江东岸，高黎贡山坐落在怒江西岸，两座山脉间的距离突然变窄，两岸山崖壁立直上，直入云

霄，就像两扇洞开的石门，怒江奔腾咆哮而出，公路沿着怒江奔流迂回穿插，过鬼门关般惊险万分。阳光挤进“门”缝，落在激流上，既惊心动魄，又倍感温暖。

每年 6 月到次年 12 月，从察隅县察瓦龙乡来的马帮络绎不绝地走在茶马古道上，驮着药材及土特产，过石门关，到丙中洛或贡山县城出手，再驮着日用百货回去。西藏和平解放和西藏平叛，解放军的一支部队从石门关进入西藏。随着丙中洛和察隅县城间的公路修通，茶马古道淡出人们的视野，马帮铃铛声久远，战士背枪的身影成了历史长河里一朵飘逝的浪花。

五

徜徉丙中洛夜色，从一个路灯穿过一个路灯，点点滴滴，丙中洛印象润心田。记忆中的泥泞街道变成干净整洁的水泥街道，街道两边现代化建筑林立。我想找到记忆中那栋爬满月月红的低矮的石片屋，希冀再次见到石片屋檐下织着彩虹般布匹的怒族阿妈，听到充满关爱的叮嘱。夜越来越深，无处寻觅往年风景。惆怅间，瞥见一栋钢筋混凝土楼房的堂屋前，一位怒族装扮的妇女在织布，彩虹般的布匹让我嗅到当年熟悉的气息，难以释怀怒族人家一碗咕嘟酒的深情。

视线被一家客栈吸引。客栈建筑简陋古朴，墙角由鹅卵石砌成，大红灯笼高高挂。“古道坊”，客栈招牌温馨。竹帘装饰的窗玻璃上写着中英文，“茶”“青年旅馆”“上网”“酒吧”“咖啡”，内容令人饶有兴致。古道坊大门旁边的木柱上挂着一块小黑板，写着古道坊特色早餐新品推荐，有牛排、甜品、小吃、意大利面，每样内容，中文后面用英文标注……这家客栈增添了我对丙中洛全新的认识。

山外来客带给丙中洛人怎样的感受？丙中洛给山外来客怎样的感想？

从丙中洛走过，如果用心体会，用心感受，你就会明白，安然与闲适，这是大自然馈赠给丙中洛人与生俱来的财富；宠辱不惊，这是栖居在丙中洛这块土地上的人的处世哲学。

一位穿着现代服装的妇女在街道边砍核桃，一手执砍刀，一手拿着核桃，在木桩上灵巧地砍着，一束头发滑落脸颊上。木桩油油的，砍痕一层又一层。木桩下铺着一块塑料布，落满核桃碎屑、核桃壳。木桩前摆着一个独龙篓，用来装核桃仁，右边摆着一个蓝色大塑料盆，盆里用水泡着硬核桃，左边摆着一个背箩，用来装核桃壳。我被砍核桃妇女的神态吸引，见旁边有一条小凳，征得她同意后坐了下来，与她闲聊。

她捋了捋滑落到脸颊上的头发，一边砍着核桃一边说，硬核桃不贵，但核桃仁价格贵，她砍核桃一天下来，收入除应付一家人的生活费外，还有结余。核桃全身是宝，壳用来烧火做饭，碎屑用来喂鸡。

这是一位健谈的傈僳族妇女，是个基督徒。丈夫早亡，她一个人拉扯两个年幼的儿子。为了供两个孩子读书，她在雪解冻时到察瓦龙山上挖贝母、黄连等中药材，在山上奔波四五个月。每年 4 月，察瓦龙举办赛马节，她带着帐篷和太阳伞以及吃的前往卖烧烤，来回七天。她还在羊脂玉神山养过猪和鸡。辛勤奔波和劳动，她不觉得苦，心头有企盼，那就是眼见两个孩子渐渐长大，

日子对于她来说虽苦犹甘。大儿子高中毕业后到深圳打工。小儿子中专毕业后在广州打工，待了两年后回了家。为了回家的小儿子，她不再在山上养殖了，从山上搬回丙中洛街上住，于是以砍核桃卖核桃仁补贴生活用度。她砍的核桃仁不愁没生意，除了收购商收购外，丙中洛人爱喝酥油茶，不时来买核桃仁。她指了指身后破旧的石片屋说，下一步的奋斗目标，就是攒钱翻盖老屋。

对这位自信而又乐观的女人，我发自内心祝福。

静享丙中洛夜色，幸福淡淡。

六

雾裹挟雨，从四面八方向丙中洛涌来。雾深处，嘎娃嘎普雪山隐隐约约。我背起包，离开旅舍，走向雾蒙蒙的街道。一路上听人说，丙中洛干旱，好长时间没有下雨了，这阵雨来得正是时候，春雨贵如油。正是倒春寒，雨来了，雪也跟着来了，周边雾蒙蒙的景致，正是雪接踵而至的脚步。

檐头雨如注，一个人候车倍觉清冷。早点铺里，一伙人围着火塘取暖，吃着馒头，喝着酥油茶，聊得甚欢。我忍不住跨了进去，点了一碗酥油茶，一个馒头，一碟青辣椒，就着雨声人声，蘸着雾吃了起来，向围着火塘聊天的人群打听去秋那桶的车。

大伙热情地告诉我，今天恐怕搭不着去秋那桶的车了，这天气，游客稀少，停在丙中洛街上的微型车等不到几个人，不会去的，即便有车进去秋那桶，那也是家住秋那桶的人的车，进去后就不会出来了。这一场雪下来，丙中洛就会被雪封山，谁也不知道雪何时消融。

闻听此言，我面露难色，心里直打退堂鼓，临时放弃了去秋那桶的打算，决定搭客车返回贡山县城。

一位大嫂从火塘边转过脸来，朗声说道："你是一个有福气的女人，一来丙中洛就给我们带来雨雪。下雪怕什么，留在丙中洛看雪景，我们丙中洛的雪景美，你瞅着瞅着就醉了。雪封山怕什么，安心住在丙中洛，我们丙中洛有的是热情似火的伙子，融入他们中就不觉得孤独了。"

大伙笑了起来，邀约我坐到火塘边烤火。

我举起酥油茶碗，向大伙致敬。

淅淅沥沥，雨下得欢。

放牧迪麻洛

一

喜欢在迪麻洛村散步，这个掩映在古老核桃树下的小山村，四面青山环抱，云朵般的人文情怀温润羁旅。学校、天主教堂、现代化楼房、藏式老木楼，一切入眼处，犹如世外桃源。

迪麻洛是怒族语，意为积水箐，地处怒江东岸碧罗雪山的箐沟里，迪麻洛河穿箐而过。迪麻洛是贡山怒族独龙族自治县最大牧区，是捧当乡四个村民委员会之一，居民以藏族和怒族为主，与迪庆州德钦县毗邻，盛产优质酥油和名贵中药材虫草。我到迪麻洛村时，从捧当大桥到迪麻洛的公路正在铺柏油路。迪麻洛河畔，“村村通公路”工程建设如火如荼，村委会所在地到白汉洛小组的公路可望一年后修通。村民们告诉我，迪麻洛到德钦的公路修通了，但孔雀山垭口雪封山，公路在一年中有半年难以通行。

他们希望迪麻洛到德钦的公路也像独龙江公路一样，在孔雀山垭口打通公路隧道，往碧罗雪山肚子里钻，避开雪封山路段，两地间一年四季得以畅通。

漫步迪麻洛，思绪顺着植物学者考察的足迹，在碧罗雪山深处飞翔。沿着迪麻洛河溯流而上，经普拉村再到桶当村，尔后到达新科牧场。从新科牧场到达海拔 4000 多米的孔雀山垭口。由孔雀山垭口下山，进入德钦县地界的书树桶牧场，再到永支村，尔后到香格里拉市。难以抵御茶马古道魅力，徒步这条线路成了我梦寐以求的夙愿。

火塘边，酥油茶香里回顾怒江百年历史。扎扎声从窗外传来，榨核桃的机器忙碌不停。核桃榨好后，熬核桃油，油渣用来喂牲口。100 斤硬核桃经过榨、熬工序，最多得核桃油 12 斤。我闻声到一间简陋的作坊里，向在机器旁忙着榨核桃的人问道："卖核桃

孔雀山下的雪山牧场

油吗？”对方答：“不卖，留着自家吃，我们的核桃油是原生态的绿色食品，市场上卖的核桃油不好吃。”

迪麻洛是贡山县最大的天然牧场，养殖业以犏牛、山羊为主。村里每户人家在牧场有自己的木楞房，房顶铺盖石片，每间木楞

房间隔 3 米左右，自成村落。每年 5 月 15 日至 20 日，农作物下种后，迪麻洛村的人赶着牲口驮着行李、粮食、盐巴离开村庄到牧场。他们先后到马拉谷牧场、萨瓦洛牧场放牧。10 月 5 日以后，牧人们赶着牲口，陆续返回村里，这时节，秋庄稼收回家了。牧

人离家时，杜鹃含苞欲放，松萝迎风飘舞。牧人归家时，枫叶染霜，由黄到红，渲染着原始森林。

牧场边有一座山，成了迪麻洛牧场和德钦牧场的分水岭。这座山的垭口叫席拉，海拔近 4800 米。翻过席拉垭口下山，进入迪庆州德钦县地界。山下是德钦的子松脱牧场，再下去就是尔松脱牧场。由牧场下去进入澜沧江峡谷，沿江而上到达德钦县城。

森林莽莽苍苍，一块又一块草甸隐没在林海深处。牧歌顺着若隐若现的茶马古道蔓延。杜鹃花的花苞在牧歌里渐次绽开，一朵又一朵装饰着牧人的梦。原始森林里，小鸟赛着歌喉，青青草地上，各色花儿相继盛开。羊群如云，牛马悠然吃草，铃铛声随着山风飘荡。晚霞飘红牧场，铃铛声向着木屋响来，野放的羊群和牛马回来了。主人拿出熬好的苞谷稀饭给小牛吃，拿出饲料招待自行归家的牲口。隔三岔五，主人还将熬好的苞谷稀饭掺上水撒上盐巴，慰劳牲口。

5 月到 7 月，积雪消融，这是虫草、重楼、贝母成熟的季节。牧人们背起箩筐带上工具，到牧场周边的山上采挖中药材，用他们的话说是搞副业。黑色巉岩上雪莲花绽放，银色光芒耀人眼。牧人拿着绑上弯刀的长竹竿，爬上山岩。近处低处的雪莲，一朵朵摘下来放入背箩里，远处高处的雪莲用弯刀钩下来放入背箩里。雪莲一般生长在 4000 米以上的山岩上，采雪莲具有一定的危险性，稍不留神，就会从山岩上掉下来。年轻胆大且心细的牧人才敢爬上山岩采摘雪莲，但还是避免不了不幸事件发生。进入 8 月，虫草长成草，别的中药材也无处寻找，牧人搞副业的时光结束。木屋周围晒满中药材，牧人们日子变得清闲起来，三五成群玩游戏，更有对打牌有兴致者，在草甸上支上一张小桌，优哉游哉玩牌。山风摇曳花影，暗香暖人心。

夜幕降临，星星璀璨。听着牛儿反刍马儿响鼻的声音，数着羊群的呼吸，火塘映红木屋，酥油茶碗盛满牧人话语。月色明朗的夜晚，月光穿透小木窗洒落在火塘边，松涛声格外清晰，野兽嗥叫异常孤清，牧人的梦里流淌乡愁。野放的牲口若夜不归家，第二天一早，牧人拿起砍刀出门寻找。牲口有时被熊等动物袭击，草地上血迹斑斑，散落咬啃剩下的残骨碎皮。牧人拍摄狼藉现场，待到从牧场归家后，到捧当乡政府备案，以便乡里报到县里有关部门申请赔偿。熊是国家规定保护的野生动物，牧人不会杀熊。人与熊相邻，井水不犯河水，熊从不到牧人村落里来，各自相安无事。如果人与熊狭路相逢，牧人不主动惹熊，就不会受到熊的攻击。

啁啾鸟鸣撩开清晨的浓稠面纱，早起的牧人给牛挤奶。挤完奶，牧人亲切地拍拍牛屁股，牛会意地走向牧场吃草。“叮咚叮咚”，牛铃铛声渐响渐远，隐入牧草深处。夕阳西下，“叮咚叮咚”，牛铃铛声渐响渐近，向着牧场上的家飘来。蝴蝶绕着牛蹄飞，令人想起雪千寻的诗句：“马蹄溅得落花香，浅草如茵柔粉肠。”牧人给暮归的牛挤奶。灯光昏暗，牧人加工牛奶，制成饼状酥油。酥油除供应自家吃外，大多出售。

碧罗雪山上的湖泊，最美的高山湖泊是地处迪麻洛、维西、德钦交界处的楚结木湖，这是牧民心中的圣湖。湖水清澈，水质甘洌清甜。杜鹃伏地盛开，就像大地敬献给圣湖的花束。云起伏跌宕，峰峦在云层里若隐若现，就像大地倾情拉弦子给圣湖听。

格桑花开洁白，从夏天到秋天，渐渐红在牧人世界里。捧读晨露和暮霭，喝着酥油茶，嚼着糌粑，心盛满格桑花。行走迪麻洛，我就像一个自由的牧人，在茶马古道上挥舞牧鞭，高唱牧歌。

二

坐看日落月升，情愫在迪麻洛波涌。古今多少事，从碧罗雪山落入箐谷，随着水波翻卷记忆深处。倾听天主教堂祷告声声，心湖荡起时光涟漪。

清光绪二十四年（1898 年），法国天主教会康定教区司铎任安守从德钦进入西藏察隅县，在察瓦龙传教。任安守进入贡山县传教前，曾有法国传教士到过，在秋那桶建盖过教堂。但让天主教在贡山县发扬光大的传教士是任安守，他从滇藏茶马古道进入丙中洛等地传教，在白汉洛村修建了天主教堂。天主教传入贡山，侵犯了藏传佛教在丙中洛、迪麻洛等地的利益，诸多禁令以及传教士的挑唆行为伤害了民族感情，影响了民族团结，不被当地人

白汉洛教堂

接受。两种宗教文化在贡山大地上强烈碰撞，不同神灵在贡山上空怒目圆睁。1905 年，德钦、盐井以及中甸（今香格里拉）、巴塘等地爆发了反洋教、驱逐洋教士的运动。风潮所致，引爆了贡山反洋教运动，身背弩弓、火枪，手持砍刀、长矛的怒族、藏族、独龙族群众在丙中洛集结，涌向迪麻洛攻打白汉洛教堂，捉拿洋

村路硬化中

教士任安守。任安守得知消息后逃走了，大伙愤怒地一把火烧了白汉洛天主教堂，在怒江州历史上抒写了“白汉洛教案”。

碧罗雪山峰顶白雪皑皑，与青山丛中白色天主教堂遥相呼应。步入白汉洛教堂，看着教堂拱形屋顶上绘制的精美壁画，重温《圣经》讲述的故事，心灵栖居圣土上，沉溺赞美诗里，记忆不知不觉擦拭历史演绎的血腥往事。祈福的钟声回荡山谷，精神牧园有传教士引领，红尘滚滚里祝祷声声安详。有谁能想到，丙中洛重丁天主教堂旁的园子里有座孤坟，坟里长眠任安守，简陋的坟墓不求人记取，寂寞深处有他的主同在。亡灵静听教徒祷告时，不知回想起“白汉洛教案”否?

反洋教运动遭到残酷镇压，白汉洛教堂得以重修。任安守随之在重丁村建盖天主教堂，还在秋那桶村重建天主教堂。他担任重丁天主教堂司铎，直至 1937 年病死。白汉洛教堂重新修建后，安德瑞神甫来到白汉洛教堂任教。他在白汉洛教堂传播圣母玛利亚的福音，灵魂在原罪与救赎的世界里栖居和清修，修筑白汉洛到茨中、白汉洛到永芝村、腊咱到维西岩瓦村的人马驿道。

步天主教后尘，基督教传入怒江大峡谷，传入贡山，传入迪麻洛。英国牧师创造傈僳文，基督教在贡山传播得更快。

藏传佛教在清代乾隆初年间传入贡山时，同样遭到怒族民众及巫师的强烈抵制。藏传佛教传入迪麻洛这块土地前，人们信奉原始宗教。原始宗教以自然崇拜、图腾崇拜、祖先崇拜、生殖崇拜等形式为内容，认为万物有灵，祭司和巫师充当沟通人与神鬼世界的中介，也是祭祀、占卜活动的主角。

藏传佛教济世救人，导人向善；天主教宣讲天国福音，劝人悔改，转离恶行；基督教提倡上帝之爱，救赎人类的罪和灵魂……迪麻洛多元宗教文化和谐相处，令人回味文化的交流与碰撞，回顾信仰的砥砺与坚守。“劳累和辛苦了一天的人到这里来。”茨宗教堂上写着的法文，道出了游客沉醉迪麻洛的心态。

德钦到迪麻洛的茶马古道，不仅走来了外国传教士，也走来了学者约瑟夫·洛克。20世纪20年代初，美籍奥地利人约瑟夫·洛克以美国《国家地理》杂志、美国农业部、哈佛大学植物研究所的探险家、撰稿人、摄影家的身份，在云南滇缅边境以及西藏考察，以丽江为大本营，在滇西生活了27年。他带着美国国家地理学会云南探险队，从丽江出发，经过维西，由茨宗翻越碧罗雪山，到达迪麻洛，在贡山搜集了丰富的植物种子和昆虫标本，搜集整理当地的民族文化和自然、地理资料。约瑟夫·洛克发表在美国

庆丰收

《国家地理》杂志上的《穿越亚洲大河流域的大峡谷》文章，向世界披露地处滇西北的怒江大峡谷风貌及民族风情。他的文章提到白汉洛教堂：

天主教传教的最后一个传教据点，是一个藏语叫“巴哈”，汉语叫“白汉洛”的怒族村庄，已两次被卡普桶的西藏喇嘛烧毁，传教士被迫带着神圣的任务逃离。从头一年11月到第二年5月，路面上全部覆满了雪，传教士居住的18个小屋子就要与世隔绝。在巴哈对面的是阿鲁拉卡，它横亘在怒江——萨尔温江和澜沧江——湄公河之间。

书香弥漫迪麻洛河谷，绵延不绝地从茶马古道上流来，贯穿古代、近代、现代。迪麻洛发生“白汉洛教案”后，在丽江府当师爷的夏瑚受命处理“白汉洛教案”，得以巡视怒江、独龙江，写成地方民族文献书《怒俅边隘详情》，记载怒江、独龙江地区的江河源流、要隘、村落、风俗等，提出经营怒江、独龙江地区的建议。约瑟夫·洛克在滇西北考察研究的文章，激发了英国作家詹姆斯·希尔顿的创作灵感。詹姆斯·希尔顿以滇西北为背景，创作了长篇小说《消失的地平线》，成就了香格里拉的美丽传说。

流连于迪麻洛河畔，迷醉神话传说，这个由山神的一根血管里流淌的血水变成的河流，两岸四季常绿，鸟语花香，人畜兴旺，人们过着和谐安宁的生活。我特意到迪麻洛河电站施工现场参观，想象电站蓄水发电时的风光。

清风唤醒内心悲悯，血脉流淌天地之爱，灵魂在高山深谷翱翔。魂牵梦萦迪麻洛，醉在茶马古道历史里，醉在忠贞的爱情里。走在茶马古道上，意念追寻那吉平措拉响的弦子，从迪麻洛到丙中洛、雾里、秋那桶，俯拾那吉平措、如丽娜的故事。我没有到重丁教堂看望任安守神甫的墓，压根没想过打扰这个上帝与之同在的灵魂。行走迪麻洛，我就像一位托钵化缘的教徒，流浪在迪麻洛河畔放任思想漫天遨游。行走迪麻洛，我就像一位挥着牧鞭唱着怒族情歌《哦得得》的怒族女子，自由在迪麻洛河畔放任相思一地流淌。

迪麻洛河流水淙淙，怒族作家彭兆清行走在山谷里。淳朴的怒族人民，神秘的家园，民族精神和人文情怀，使得这个在迪麻洛长大的本土作家，在讲述怒江故事时，字里行间充满民族审美自信，其文章就像一首迪麻洛牧歌，拥有被神性滋润的丰厚土壤。他的小说《啊，在那遥远的山泉小学》《女岩神祭》分别荣获第三届全国少数民族文学创作奖、边疆文学奖。彭兆清是怒族第一位中国作协会员。继彭兆清之后，又走来了一位作家吴小平，迪麻洛河孕育了一代又一代怒族作家。

追风逐梦文学，解不开迪麻洛情结。心仪著名作家范稳的“藏地三部曲”《水乳大地》《悲悯大地》《大地雅歌》，嵌入红土地的深情以及血脉里流淌的忠贞，作家用 10 年心血去书写三部厚重的小说。流淌在“藏地三部曲”字里行间的作家情怀，对红土地深沉真挚的热爱，以及作者为写作“藏地三部曲”所付出的常人难以想象的艰辛劳动，令我钦敬，奉为楷模。“神的世界，有信仰的生活不是我们在都市的书房中便可以揣测的。”走在迪麻洛河谷，范稳在《大地雅歌》后记里的话，如敲响的钟声，撞击人的心扉。

蘸迪麻洛河水擦亮茶马古道，情怀漫溢心胸，灵魂听到来自碧罗雪山的召唤。仰望碧罗雪山，忆当年行走碧罗雪山鸟道时，在雪山峰巅看到的奇异景象：从谷底往山脊行走的佛光，从天空洞穴里掉落的诗句，从一地荒凉里走来的影子……数着教堂钟声，痴痴地向上苍问道。在个人精神牧园里，定然经历了一场宗教似

2013 年的迪麻洛村委会

的战争，淳朴被势利鞭挞，纯真被利用阉割，真诚被虚假湮没。灵魂在浪涌冲击里接受考验，意志经受消沉、恍惚的颠簸。心智从昏迷中觉醒，爱与善战胜邪恶与冷漠。神启语言，让沧江霞衣在碧罗雪山上如海市蜃楼般的幻觉里，看到情怀放逐的影子，捕捉多年来思虑的小说结构，却开玩笑地设置暗礁，考验文字人的写作耐心。难以驾驭红尘的浮躁，滋生归隐山水的心志，出世与入世，在行走古道里无为。淡出闹热，安静在人后，甘于寂寞，唯愿文字做钟杵，撞击精神圣殿的钟，感召更多的灵魂回归性本善。作为怒江人，无以报答这块大地的培育深情，以自己特有的方式，心愿为怒江州盐茶古道写作非虚构散文作品三部曲。对怒江的热爱，使得沧江霞衣在文学圣殿里成为虔诚的教徒。

转山转水，从兰坪县的盐马古道到贡山县的茶马古道，转不开来自碧罗雪山上的影子，仿佛听到吉尔——我的神牌在召唤。盘桓灵魂上的雪山圣水的爱，令时光在迪麻洛慢下来，慢下来。眼眸望向隐落山谷的古道，雾涌处，恍惚看到范稳骑着马从迪庆州德钦县翻山向着迪麻洛而来。写作“藏地三部曲”，他的足迹遍及藏区，不止一次从德钦县到贡山县采访。盘坐迪麻洛河畔，血脉流淌对故园的忠贞，深沉的爱嵌入红土地，思绪流连“藏地三部曲”，仰慕范稳的行走。遥望范稳行走大地的背影，在一条河流上放牧追梦文学的心志，不由扪心自问：用怎样的悲悯情怀，用怎样的爱，写好怒江故事？

秋那桶　茶马古道上的桃花源

说不清楚自己为何在半路上离开同行人，背着包走向丙中洛一个叫秋那桶的地方。

阿白客栈

酥油茶、糌粑、咕嘟酒，火塘映红怒族阿妈慈祥的笑脸。麦苗碧绿，油菜花金黄。桃花夭夭，灼灼其华。一树一树桃花或站在房前屋后，或恬静在田间地头，或三五棵成一簇安静在一隅，或成片成林，眼眸所见，道不尽桃红景致。山一座接着一座，葱葱郁郁奔向天边。山谷两头，高黎贡山和碧罗雪山最高的山峰突兀在重重峰峦上，积雪熠熠发光，格外引人注目。我匆匆瞥一眼秋那桶春色，思绪来不及停留在一朵桃花上，一头钻入木屋里，急切地想在火塘边掬起藏族阿爸的记忆，却在夜色里捧起酒，醉在一场不经意的邂逅里。

阿白客栈，热心的店主人阿白夫妇做侠拉酒。阿白杀了一只鸡，清理干净后剁成小块。妻子把炒锅架在火塘铁三脚上，用漆树子熬制成的漆油炒鸡肉。炒得焦黄，阿白把自家酿酒倒入锅里煮肉。酒香肉香把来自天南地北的宿客聚集在一起，萍水相逢的人就像兄弟姊妹，在火塘的温暖里，在酒精的奔放下，彼此间没有陌生与隔阂，只有心与心的袒露。诗人吕岛谈吐幽默爽快，说起秋那桶，他就像熟悉自家花园里的一花一草，自然之子的情怀在不经意间落到大家的酒碗里。一起喝侠拉的除阿白夫妇外，还有阿白的母亲和岳母、吕岛的同事、一位来自北京的成都女孩。成都女孩是一位背包客，要从丙中洛走向察瓦龙，去西藏朝拜心中的圣地。

火塘暖暖，侠拉醇香，不知不觉，火塘边温着的一锅酒见底。几个人酒兴正酣。成都女孩的脸色艳丽，就像一朵盛开的桃花，一说一笑令人怜爱。我的脸如火烧云般燃了起来，心热辣辣，一向不善于在陌生人面前言说的我，一改平日矜持，讲起徒步碧罗雪山鸟道，在碧罗雪山峰巅欣赏自然奇观的情景。

从六库城到独龙江又到秋那桶，绕山绕水绕着怒江行走，思维的缝隙塞满三年前徒步碧罗雪山鸟道的情景。多年来，我行走在怒江州境内茶马古道上，用手中的笔记载所见所闻所想，古道情结深深，所走过的地盘所接触的人与事，对我影响最深的是徒

阿白客栈

步碧罗雪山鸟道时，盘坐在千山之上看景的领悟。迷蒙的夜晚，我在心底触摸从秋那桶通往藏区的茶马古道，情感就像从桃树上掉落到酒碗里的一瓣桃花，桃红融入酒里。为何要在秋那桶停留寻踪茶马古道的脚步，从此放下，中断恋人般的倾慕，无法自我考证。淡烟般的思念携带酒碗里一点红，穿越时空，向着远方飞去。

晨起，昨夜聚在一起喝酒的人各奔东西，吕岛他们去独龙江，成都女孩去西藏，我如约到阿白父亲家的火塘边喝酥油茶。阿白的父亲是藏族人，母亲是怒族人，眉眼间露出慈善。火塘上煮着小锅酒，主人忙着做事，忘记了嘱咐我。我殷勤地不断添柴助燃熬酒，结果导致水蒸气过多渗入酒里，所熬的酒味道淡如白开水。没有味道的酒水，勉强算饮料，遗憾可想而知。幸好阿白的父母都是好脾气的人，没责怪我，反而笑着安慰我说，饮料也蛮好的，解渴。

阿白父亲的火塘边，一对中年夫妇说起他们的女儿。他们的女儿到北京打工，帮人卖服装。女孩比较节俭，时不时寄钱给父母补贴家用。说了女儿又说儿子，他们的儿子在家里发展，舍不得离开秋那桶。坦然说着家里的收入，夫妇俩喝着咕嘟酒，一说一笑里，流露出对生活的满足。

3 月至 4 月，在这个季节里，沿着怒江溯流而上，一路向北，从怒江州府所在地六库，经福贡进入贡山，经丙中洛、坎桶、乌里、秋那桶、松塔、察瓦龙、察隅，怒江两岸桃红桃粉，大峡谷的风光冷峻美里多了妖娆美。这条滇藏茶马古道是摄影者的天堂，也是徒步爱好者寻梦西藏的朝圣之路。随着丙察察线和大滇西旅游环线的开工建设，怒江与西藏东南部无障碍相连，德钦—香格里拉—丽江—大理—保山—瑞丽—腾冲—泸水—贡山—德钦的旅游全面转型升级，小香格里拉旅游环线开门迎客，大香格里拉旅游圈全面开放。

秋那桶到察瓦龙的公路开通了，但因是毛路，不好走，尤其雨季，路况更糟糕，跑在这条公路上，只能是如越野车、皮卡车之类底盘较高的车，私家轿车望路兴叹。公路挖通后，秋那桶人很少有人走老路去察瓦龙。公路不通前，从秋那桶走到察瓦龙需要 4 天时间，而到察隅县城要用 12 天时间。雪封山时节，这条茶马古道不通，两地间的人断绝来往半年时间，待到雪融化，开山时节才能通过茶马古道往来。公路开通后，从秋那桶到察瓦龙乡

秋那桶风光

政府所在地扎那，只需 4 小时，而到察隅县城，早上 8 点从秋那桶出发，傍晚 6 点就到了。以前来回察隅县城和秋那桶，徒步需要 20 多天时间，现今坐车来回只需要 2 天时间。

年过半百的贡山人，在 20 世纪 70 年代末至 80 年代初，基本都当过背夫，对从怒江畔到澜沧江畔人背马驮运送物资记忆犹新，阿白的父亲也不例外。当时贡山不通公路，而地处澜沧江畔的迪庆州维西县通公路，物资从维西县城运送到澜沧江东岸一个叫阿凹的地方，那里有个物资转运站，一座人马吊桥横跨在澜沧江上。从阿凹背着物资走上吊桥，过澜沧江到驮巴骡骡（碧罗雪山驿站名，谐音），往碧罗雪山攀去，在雪山半山腰马角落歇脚，第二天

雾里村

翻越碧罗雪山，再下山到碧罗雪山半山腰的四季夺美。四季夺美属于贡山县辖地，那里有个物资周转站。从四季夺美到贡山县普拉底乡，拉扎村有个物资周转站。盐巴、茶叶、腊肉、布匹、解放鞋、电池等物资，赶在雪封山前，靠人背马驮从一个周转站运送到另一个周转站，源源不断从维西运到拉扎村，再分配到贡山县各个乡镇。阿白的父亲每年在茶马古道上背一次物资，生产队给他记工分，他每天还可领到生活补助费一元二角钱。

茶马古道从贡山到维西，两头连着怒江大峡谷和澜沧江峡谷，翻越碧罗雪山时，山高路险，且一年中有半年被雪封山。贡山县公路开通后，这条人马驿道消隐在荒草和落叶里。我在贡山县行走，每到一个村寨，听村民们描述当年在茶马古道上亲历的故事，心灵被深深震撼。

教堂保管员

走在秋那桶茶马古道上，追古抚今，感触深深。作为怒江人，我深深地感恩怒江上飞架的一座又一座桥梁，感恩蜿蜒穿行在怒江山水间的一条又一条公路。这份感恩，在徒步通往雾里小组的茶马古道时尤其强烈。雾里茶马古道悬挂在怒江边上，这条在悬崖峭壁的半山腰人为地凿出的人马驿道，犬牙交错的石头就像鳄

编织生活

鱼张开大嘴。脚下万丈深渊，怒江湍鸣，走在上面头晕目眩。

秋那桶小组有个圣母玛利亚教堂，天主教徒在星期六晚上6点集中到教堂里做一小时礼拜，星期天早上11点到12点做一小时礼拜。圣母玛利亚升天节，即8月15日，附近小组的天主教徒来到圣母玛利亚教堂，与秋那桶小组的教徒一起念经一小时后进行狂欢，祝贺圣母升天。教民们狂欢的内容就是跳欢快的民族舞，打一场篮球或者乒乓球赛。教徒们打平伙，把自己带来的食物集中在一起做饭吃，还有酒，尽情痛饮后才尽兴散去。

不是周末，圣母玛利亚天主教堂铁将军把门。我想进教堂看看，于是阿白父亲带我到天主教堂保管员张文英家。张文英正在忙着挤牛奶。她是一位手脚麻利的中年人，怒族。丈夫去世后，她接手教堂保管员一职，没有报酬，属于义务劳动，是村里掌管着教堂钥匙的四位神职人员之一。

木屋里，火塘燃着火。阳光从窗户照进来，火烟与阳光在窗口交织成淡蓝的光束。我打量木屋摆设，没注意火塘边卧着一只猫。“喵——”猫从火塘边起身，跟我热情地打招呼。张文英拿来一小簸箕泡核桃，放在沙发前的小桌上，招呼我吃核桃。小猫乖巧地蜷缩在我身边的沙发上。张文英正要赶猫，我制止了，伸出手摸了摸小猫光滑的毛。“喵——”小猫叫了一声，眯缝了眼，一副受用的样子。

张文英把牛奶放在土罐里，我俩随意闲聊。她出生在秋那桶小组，拥有一儿一女。她在地里种苞谷、苦荞、麦子等庄稼，收

劳动归来

成后喂牛、猪、鸡及煮酒。她养了奶牛，每天挤的牛奶加工成酥油。她还办了一个小卖部，以此贴补家用。

秋那桶天主教堂简陋，没有丙中洛重丁天主教堂吸引人眼球。屋门旁边的墙壁上挂着一块破旧小黑板，一条粉笔线将小黑板划分两个区域，粉笔字行云流水，书写着饭前经、饭后经。经文内容令我饶有兴趣，不由驻足小黑板前读了起来。

走出天主教堂，我在张文英的小卖部前与她告别，穿过秋那桶小组的村落，顺着公路向山谷深处走去。

桃红深处

秋那桶的木屋建在山谷里，炊烟或高或低，沿着山谷走势延伸。桃花红着脸站在路边，或从木屋后探出一张粉色笑脸，热情地向游客招手。独木楼梯三两根，搭在楼门前，梁柱上挂着背篓，背板绳下垂，但听人语，不见人面。“咯嗒”“咯嗒”，下完蛋的母鸡昂首挺胸，骄傲地在木楼上走来走去，唯恐人不知它下蛋了，大声宣告。狗过于热情，致使我返回阿白客栈时，不敢贪图近路穿村而过，只能沿着公路绕村走。

山谷寂寂，鸟鸣声声，桃花灼灼，蜂儿嗡嗡。沐浴阳光，我慢悠悠走在公路上，就像恋花的蝶，从一棵桃树飞向另一棵桃树，从一个小组走向另一个小组，一路把玩美景。有人在地里劳作，一个人的田野因为有一树灿然的桃花做伴，显得温馨。有一伙人在村里热火朝天地忙着盖房，近旁的一树桃花摇曳多姿，好像在给干活的村民鼓劲。离开村庄，山谷成了一个人的世界，桃花或远或近作陪，我不觉得孤独和害怕。雪山遥遥，怎么走也走不到近前。公路蜿蜒向前，提醒我前头还有村庄。

大路边有一棵古树，虬枝横生如臂。大树旁边，田埂上有一个苔痕深深的大石头，青青藤蔓缠绕在石头上。石头前是一坡绿油油的麦田，风扬起绿色波纹，荡漾向麦田尽头的三两间木屋。

一簇簇桃花艳丽在地头，一地绿色陪衬得桃花越发娇媚迷人。秋那桶一步一个景，道不尽春光春语。我坐在石头旁边小憩，眼眸深处皆桃红。

离开古树，走不多远，拐一个弯，凉风扑面，小溪淙淙流淌。公路上方，三两节水泥台阶，两个孩子在玩耍，虎头虎脑的样子招人喜爱。两个孩子对我笑。我向他们打招呼，我说的是汉话，习惯听怒族话的孩子可能受到惊吓了，大的牵着小的手，向院子里走去。我跟着孩子向院中走去，被眼前的场景吸引：孩子们的母亲在院中专心致志地织布，彩虹般的布匹一头挂在高出院坝一台的正房梁柱上，一头挂到放在院坝里的织布机上。织布机侧面的木楞房，屋顶铺着石片瓦，两个孩子在门槛旁玩耍。女主人告诉我，他们夫妻都是怒族，男主人不在家，打工去了。

置身秋那桶，我贪恋世外桃源般的田园生活。桃红深处，人心没有势利，只有向善。临离开阿白客栈的最后一晚，阿白母亲和亲家母窃窃私语，两位老阿妈不时发出笑声，我好奇地问她们笑什么。阿白的岳母是独龙族，汉话表达不流畅。两位老阿妈用汉话互相补充着告诉我，来投宿的外地客人真好玩，跟我们讲价钱，要我们少收一点住宿费。阿白开车，带着妻女送吕岛和同事去独龙江了，客栈里只有岳母和一个小工招呼前来投宿的游客，母亲得空时过来陪亲家母。对于两位老阿妈来说，我跟你要的住宿费不算贵，你还要跟我讨价还价，真是不可思议且令人好笑……出世与入世，在秋那桶没有实质意义，人心融入自然里，

没有功利，没有负累，一切都是人性本真流露。

走在秋那桶春色里，情愫如水流淌。这个受到高黎贡山和碧罗雪山祝福的村子，让我的心安宁而恬静。处在茶马古道上的村庄，山水明净，人心素净。我在城市生活的疲累，不知不觉在秋那桶得到休养，忘却了人性丑陋，心头留驻美好。

就像一个浪迹在山水间的歌手，自由流浪在秋那桶，念着一个人的心经，唱着一个人的歌谣。就像一只贪恋桃花美色的蜜蜂，不知疲倦地钻入花蕊上采蜜，我在山谷里走啊走，心境融入自然万物中，从心灵深处品读自然物语，不在乎何人来读自己或者懂得自己。不知不觉，太阳落入山背后，夕晖照在雪山上，白雪皑皑的山头变成金黄色。日照金山！我惊呆了，不敢相信在秋那桶居然看到高黎贡山日照金山的景致，尽管雪山遥远，在峰峦之上凸显的日照金山有限，不能大气磅礴地展露在眼面前来，但我心里漫溢知足。坐在一棵桃树下，我一点一点地把日照金山的景致看没了，把秋那桶的天色坐落到浓浓夜色里。

是夜，阿白客栈来了一伙投宿的人，来自省城昆明。他们来贡山县考察，拟投资开辟昆明到丙中洛、独龙江旅游线路，主要业务是组团来怒江旅游。没有侠拉的夜晚，缺少酒的醇香，我的思想却犹如喝了侠拉，有酒的醇厚与刚烈，醉态迷人地盘桓在秋那桶夜色里。南来北往的游客，在客栈相遇与否，不妨碍阵风吹过人生站台。人生有无美梦绽放，不妨碍花开花落的自然规律。从一个站台到另一个站台，人总会卸下一些负累，拾取一些美好。

桃红深处是故乡，红了今天，红了明天，那里有我的爱。

离开秋那桶的时候，我看见天空中有一轮明月，安静地迎接日出。

流年里的兔峨

如烟往事

（一）

兔峨街地处澜沧江西岸平坝子里，六兰公路穿过兔峨街。一丘又一丘梯田围绕着兔峨街铺展到江边，每当油菜花开时，每当稻谷金黄时，兔峨街就像一幅油画，被天神随意摆放在澜沧江畔。地处坡地的土司衙署离兔峨街有一定的距离，站在兔峨土司衙署前俯瞰兔峨坝子，田园风光景致让人赏心悦目。从兔峨街到各个村，通村公路畅通，横亘澜沧江上的桥梁车来车往。

兔峨乡是怒族若柔人聚居地。坐在怒族人家院坝里，耳听脱贫攻坚中易地扶贫搬迁以及产业发展的故事，令人感触新时代兔峨乡的家园建设的坚实步伐，思绪穿越古今，情不自禁重温盐马古道的历史。兰坪县交通史上没有公路记载时，在兔峨乡，从澜沧江东岸到西岸，如果从江末村到兔峨街，渡江工具是藤篾溜索，而从腊马登、青菜坪村过江到兔峨街，要坐猪槽船。两艘猪槽船并排连接在一起成了一艘较大的船，每次渡船可以坐十多人。以兔峨街为中心，盐马古道线路如下：

从兔峨街出发，经过腊马登、石坪、依场、小扎局、鸿尤、青乌地等地，到达营盘，再往啦井走去。

从兔峨街出发，经过花坪、大华、新农村等地到达沧东桥过澜沧江，到达营盘，经过红土涧村往啦井走去。

从兔峨街出发，经过果力、瓦窑、三叉等地，进入大理州云龙县表村，经朝阳、小地、铁门坎、水井、茅草坪等地到达怒江州泸水市老窝镇，抵达怒江州府所在地六库城。

从兔峨街出发，经过吾皮江村，翻山越岭到达泸水市称杆乡。

从兔峨街到水井，经过大理州云龙县旧州、漕涧等地，进入保山市瓦窑，抵达保山市区……

深入盐马古道调查，兔峨人给我讲述较多的是兔峨开街的故事。为此，我还特意到兰坪县城拜访96岁老人李兆龙先生。兔峨开街以及乡民状告罗氏土司衙署的往事，令我对这个以公山羊、火把、麦穗为标志图案的怒族若柔人充满了浓厚的兴趣。怒族若柔人自称麦子人，他们的先民初到兔峨时，赶着头上捆着火把的山羊群开道，获得了在此地的永久居住权。罗氏土司衙署迁到兔

峨后，并没有开街。兔峨所处之地山高谷深，生活极其不便。碧鸡岚村的欧万春赶着马驮盐巴，到保山、楚雄等地出售，接触的汉人多了，眼界也开阔了起来。他深知让兔峨人民开化，解决物资匮乏，改变落后面貌，必须在兔峨开街。

欧万春曾经任过甲长，为人公正，深得怒族若柔人的敬爱。民国元年（1912 年），欧万春想在兔峨开街，其想法遭到罗氏土司反对，却赢得李瑞生、欧万生等人以及当地百姓的支持。他们决定把街开在兔峨村口，街期定为每月农历初七、二十一两天。为了能开街，发布开街的消息及扩大影响，欧万春把自家的水田卖掉了一份，从云龙请来了戏班子，唱了几天戏。在欧万春等人的努力下，兔峨街很快就开了起来。欧万春当街长，李瑞生当副街长，负责管理街道事务。兔峨街开办起来后，来自保山、大理的马帮驮来了当地老百姓的生活必需品，当地老百姓拿着山货等到街市上销售或者交换。兔峨街的开发，极大方便了怒族群众的生活，促进了当地经济发展。

有一天，兔峨街上来了三个人，其中一人拿着一把长刀，另两人拿着哨棒，他们还携带着一支军号，自称是缉私队的，来兔峨街缉拿私盐。他们站在兔峨街上，吹响军号，命令在街道上卖盐巴的把背箩归拢在一处，没收盐巴。有人赶紧飞跑着把这事告诉了副街长李瑞生。

李瑞生赶到事故现场，问三人有公函没？三人回答有。三人拿出证明给李瑞生看。李瑞生接过证明一看，知道这是假冒的缉私队员。他要三个假缉私队员去土司衙署说个明白。三个人不敢不从。众人拥着三个人到土司衙门，正巧土司衙署大先生在。李瑞生向土司大先生说明三人冒充缉私队一事，交由土司家关押。谁知，李瑞生前脚刚走，土司家后脚就放掉了三个骗子。欧万春和李瑞生才意识到要到县政府备案开街一事的重要性。民国时期，兰坪县政府设在金顶镇文兴街上。李瑞生到金顶，办理兔峨开街的备案手续。县长问，兔峨街子大约有多少人呢？李瑞生回答，农忙时300人，农闲时3000人。兔峨开街备案得以批准通过。

2018年10月，我到碧鸡岚村走访欧万春居住的老屋，当年的建筑只遗留着一堵土墙，土墙周边盖着欧氏族人的房子。我在土墙前逗留了好一会，伸出手摸了摸土墙，与意念里一双粗糙的马锅头手相握。行走盐马古道，许多时候，我不可能有真实的视觉，只能靠想象复原人间叙事里提到的真实面貌。

（二）

坐在大石头上小憩，一旁的古树寂然无声，树荫撒在石上人身上。澜沧江青灰，两岸的山峰绿黄相容，田野尽带黄金甲。云朵携带私语，在山谷里飘逸。江风像个贪玩的孩子，没能赶到大石头前挥扇为走得出汗的人驱热。

兔峨有三块风水石，一块是我所坐的巨石，离兔峨土司衙署不远。传言巨石里面住着一对石青蛙，令人想象天荒地老的故事。吾皮江村有一块风水石，风水先生说，这块石头若不打掉，吾皮江村会出人才，压着罗土司家风水。罗土司派人打掉吾皮江村风水石，从石头里飞出一对石鸽子；另一块风水石在兔峨街上，早已被街道建设者们荡平。

兔峨土司衙署正在装修中，无处可落脚。2007年5月，我到兔峨土司衙署参观时，曾为文物建筑破败生发感慨，希望有关部门重视保护给予修缮。11年时光过去了，土司衙署终于得以全面

修缮，内心稍感安慰。

敲门进入兔峨村张万宝家里，我们向他了解其父在兔峨土司衙署当马锅头的经历。张万宝已是七旬老人，对父亲在土司衙署当马锅头的历史不甚明了。他的父亲叫张文龙，在兔峨土司衙署当了六七年马锅头，是土司衙署马帮里的大马锅头。1949 年兰坪县解放后，张文龙不再赶马帮，参加了工作，在兔峨乡政府当炊事员，后调入兰坪一中当炊事员直至退休，于 1988 年辞世。因“文化大革命”等特殊历史原因，张文龙对自己在土司衙署当马锅头的经历讳莫如深，孩子们因此对父亲的马锅头历史不知情。

张文龙家原籍金顶福坪村，妻子因病去世。1956 年，他带着两个孩子，赶着三匹骡子、一头水牛，把家从金顶镇迁入兔峨乡，这一年张万宝 9 岁。张文龙从别人手里把罗土司家菜地里的一间木楞房买下了，把家安顿了下来。后来，他找了一个本地人为妻，重新组合成了家庭。

1965 年，张家突然涌入一群客人，居住在丽江的罗土司二姑娘回到兔峨，告诉兔峨派出所的人，她的私房钱埋在菜地里，大洋三箩。在罗二小姐的指点下，派出所的人到菜地挖宝。当时，张万宝已在兔峨合作社工作，见证了此事。派出所的人在罗二小姐的指点下，挖了几处，也没挖到她埋藏的大洋。罗二小姐说，记得她把大洋埋在石榴根旁边。他们在张家的火塘旁挖出了腐烂的石榴根，顺藤摸瓜，在火塘下挖出了罗二小姐埋藏的大洋。这些大洋装在三个罐子里，挖出后倒入箩筐里，正好三箩筐。

从张家火塘下挖出罗二小姐的私房钱三大箩大洋，轰动了兔峨村。人们以为张文龙是土司衙署大马锅头，肯定知道罗土司的埋宝线索，纷纷向张文龙询问。张文龙一问三不知，一律回答不知道。

兔峨土司衙署得以完整保存下来，逃过特殊历史时期的破坏，对此，兔峨人的解释是，当时兔峨土司衙署是粮管所所在地，粮管所是重要部门而免受冲击，无形中保护了土司衙署。土司衙署古建筑得以保留，但壁画等还是有所受损。而今在修复中，但愿修缮结果能使古迹再生，能还原兔峨土司衙署旧风貌。

兔峨土司衙署的马帮对于我来说始终是个谜，赶马哥的情怀就像澜沧江中的一粒沙金，我想打捞，却已错过。

（三）

参观碧鸡岚小组稻田，意想不到山腰上竟有开阔平坦的稻田地，对面的坡地上也有一块稻田。正是稻谷成熟开镰收割的时节，目光所及，大地一片金黄。这一片金黄的田地有一个好听的名字“金甸坝”，金甸坝所产是澜沧江优质红软米。怒江的田地被形象地称为挂在大山上的大字报，因怒江两岸高耸碧罗雪山、高黎贡山，典型的高原峡谷地貌造就了怒江的农田是壁立农田。处在澜沧江峡谷地区的兔峨乡，半山腰上居然会有大片的良田，令人感到意外。

怒族是兔峨境内的古老民族，他们的先民在宋末元初即在此繁衍生息。他们栽培水稻的历史可以追溯到 13 世纪初叶，至 19 世纪中叶，在低海拔村落就已经普及。新中国成立后，兔峨乡半山区、江边河谷地带大面积开垦水田、种植水稻，随着兴修水利后得到陆续的推进和拓展。最早把兔峨本地红软米推向市场的是若柔姑娘李宪，她注册的品牌名称为“绿兴源”“沧江红”。兔峨村的欧庆元、杨耀军、杨耀德创办了兰坪若柔产品有限公司，通过电商等方式推介兔峨红软米。2017 年，公司在没有注册的情况下卖出红软米 5 万多斤，销售到兰坪县城和六库、昆明、广州、珠海、上海等地。兰坪若柔产品有限公司采取“公司+农户”的发展模式，按市场价格从农户手里收购红软米，公司在此基础上创收一元。兰坪若柔产品有限公司推介兔峨农特产品，打造红软米，推出无公害绿色产品。试销红软米时期，他们只收购了碧鸡岚小组生产的红软米，销售渠道打开了后，计划翌年收购红软米的范围扩展到丰登坝、果力坝、瓦窑坝。包装红软米的袋子改良后，有50斤装袋，20斤装袋，也有5斤装袋。

碧鸡岚山上，有一种植物叫“三颗针”，其别名叫细叶小檗、针雀、酸奶狗子、刺刺榴，开黄色花朵，结红色果子。三颗针性凉味苦，能清热去火，主治急性胃肠炎、急性结膜炎、急性咽炎、口腔炎。兰坪若柔产品有限公司计划将三颗针开发成醋。公司在县城设置铺面，以供应红软米等农副产品，在兔峨街上建盖厂房。兔峨乡农田可以种两季，大春种水稻，小春种油菜。兔峨乡铁核桃较多。厂房建起来后，兰坪若柔产品有限公司除加工红软米外，还可以加工核桃油、菜籽油。

居住在吾皮江村的杨军雄创建了兰坪县宏达养殖专业合作社，合作社以养殖牛、猪、羊为主。我们到合作社访问时，遇到珠海何佰蜂业公司的两位技术员巡查中蜂养殖情况。棚子悬挂的红布标上，兰坪县兔峨乡“中华蜂养殖技术培训活动现场”几个大字显目。珠海扶持中蜂养殖点，每个点投入200箱中蜂，带动40户建档立卡户脱贫致富。兔峨乡有两个中蜂养殖点，即兔峨村委会吾皮江小组和大麦地村委会瓦窑小组。每个点上有两位技术员当老师，培训村民养殖中蜂。吾皮江小组的中蜂养殖采用“公司+合作社+贫困户”的模式经营。通过交谈，得知两位技术员于8月28日到兔峨村培训建档立卡户养殖中蜂，爱好中蜂养殖的村民可以参加培训。本来是分期培训，但农活忙，培训班便采取灵活机动的方式，以方便村民随时来随时培训，两位老师耐心细致地给予教学。宏达养殖专业合作社有5位社员参加了培训。

吾皮江背后的山被村里人叫作细普扁。翻过细普扁山，就可以到达泸水市称杆乡。村民为图近便，至今还有人行走这条盐马古道。以前，吾皮江村民时常翻越细普扁山，到称杆那边的山上寻找虎头兰奇花，采集后出售。他们在早上9：00从吾皮江村出发，下

午 3：30 就到达目的地，借宿在玛迪寨。寻找虎头兰奇花，往返需要一个星期。

告别碧鸡岚、吾皮江小组的村民，返回兔峨街，眼眸被江东岸的几个大字吸引。从澜沧江畔依山势壁立而上的绿色田地间，有一行凸出的绿色大字：绿水青山就是金山银山。这批“农业学大寨”时期开发的梯田，而今成了退耕还林地，在其上种植果树。

绿色青青，兔峨大地充满蓬勃生机。

（四）

听着怒族歌谣，我的心渐渐迷醉在以歌叙事里。穿着民族盛装的李庆珍不仅给我演唱怒族若柔人歌谣，还弹奏口弦，打快板。她向我讲述富有特色的若柔人歌谣，讲述若柔人的丧葬风俗。怒族风情就像一部百科全书，在这位朴实的村妇带引下，我打开扉页粗略阅读。她讲得最多的是《阿楼西杯》。《阿楼西杯》是怒族若柔人富有代表意义的歌舞。“阿楼西杯”是怒族话，意思为吉祥幸福的歌舞。她的父亲善于演唱《阿楼西杯》，但已去世多年。与一代怒族民间歌手错过，我的兔峨行，不能不说是遗憾。

每位歌手演唱《阿楼西杯》，内容不是一成不变的固定模式，有自己的表达方式和内容，但都有相同的主线，即与农事有关。李庆珍演唱的内容，以一位母亲呼唤 12 位孩子干农活，从老大唤到第 12 个孩子，把每月要做的农事说一遍，组合成一年四季的农事纪要。听着歌谣，我想入非非，12 位孩子表示一年 12 个月，母亲就是大地。而 12 位孩子，在怒族故事里代表着 6 个男孩 6 个女孩，隐喻怒族儿女。大地是母亲，呼唤怒族儿女勤耕细作。老百姓是天生的诗人，在他们歌谣里，善于运用赋、比、兴手法，借物咏事，以物达意。对于民间歌手来说，传承与创新是一对孪生姐妹。沉浸在《阿楼西杯》旋律中，恍惚自己就是大地母亲的一个孩子，快乐地耙田种地。

怒族若柔人相信万物有灵。他们信奉神树，相信神树会保佑他们五谷丰登。神树受到村民的尊奉和敬畏，每个怒族村寨都有一棵共同的神树。每年的正月初二和五月二十五日，怒族若柔人穿上盛装，上午 10 点左右，吃过早饭后，村里的中年男子向神树走去，在德高望重的巫师主持下进行祭祀活动，祈祷神树保佑村里风调雨顺、五谷丰登、六畜兴旺。祭祀仪式结束后，他们在神树前跳起了舞，边舞边向村里走去。村里的中年妇女们在村口迎接祭神树的男人们。男人们出现在视野中时，女艺人起头向男人们唱《阿楼西杯》，女伴们呼应与和声。男人们回应。大家一边唱一边向着村里走去。男女一问一答，显摆各自的劳动才能，相互说服对方，男人缺了女人做不了完整的农活，女人缺了男人同样做不了完整的农活，地里的农活男女彼此离不开共同的劳动，比如女人栽秧离不开男人犁地耙田等。他们边唱边舞着回到村里公共场地，老人孩子等候多时，全村进行狂欢。领舞领唱的一对男

女身披蓑衣，男的扛着犁铧，女的扛着锄头，俨然一副下地干活的样子，以歌舞方式表达了怒族人热爱劳动、热爱生活，反映了怒族人战胜自然的积极乐观态度，抒发了人们对生活的理想愿望和激情，反映了怒族人对祖先的崇拜与万物和谐生长的朴素理念。

《阿楼西杯》不是简单的歌舞，有着丰富的民族文化元素，涵盖怒族若柔人的农耕文明，再现农忙欢悦场景，包含神话传说和祭祀活动，体现民族智慧和民族情感。《阿楼西杯》里有男女对唱、互相逗趣自我标榜的场景，没有对歌的歌手，李庆珍没法完整地演唱《阿楼西杯》，她只是给我唱了片段。

为了更好地理解《阿楼西杯》，我们特意到吾皮江村拜访民间艺人欧成姑。欧成姑是县级民间艺人，其夫是州级民间艺人，可惜去世多年。她演唱《阿楼西杯》，声音就像山涧流淌的溪流，纯净优美。一句“阿楼西杯拉吾杯”，拉开了叙事长歌的帷幕。“阿楼西杯拉吾杯”是怒族话，意思为吉祥如意的新年首月开始了。没有对歌手，欧成姑也只是演唱了一部分。歌词内容简述正月到腊月的农事生活，从男女各自表述到互相说服对方，到最后双方达成共识：没有你，我做不了完美的农事；没有我，你做不了完美的农事。建设美好家园，离不开怒族儿女们携手奋进，团结一心向前走。

稻谷成熟时，怒族若柔人把第一碗新米饭给狗吃。这一习俗有口口相传的神话典故。古老时代，地里的庄稼丰茂，同一个植

演唱《阿楼西杯》

物上，不仅结着苞谷，还结着稻穗。凡人不知道爱惜粮食，孩子屙屎后，拿苞谷棒子擦孩子屁股。对于天神来说，捋掉谷粒后的苞谷棒子也是粮食，凡人的行为对于天神来说是对粮食的大不敬，天神大怒，把粮食收回去了。没有了粮食，人间陷入饥饿中。一条狗实在忍受不了饥饿，就到天庭讨饭吃。天庭的院子里晒满了稻谷，吃饱了的狗在院子里打了个盹后返回了人间，身上沾了三粒稻谷。这三粒稻谷成了人间谷种。若柔人感激狗带回了谷种，每年稻谷成熟，第一碗新米饭让家里的狗先品尝。

珍惜粮食，怒族若柔人长辈语重心长地叮嘱儿孙。怒族若柔人对粮食的爱惜，体现在见到粮食必然捡起来，哪怕是一粒微小

的谷子，他们也会郑重地捡起来。他们认为，苞谷落在地上可以再生，而米落在地上伤心地哭泣，因为米已没有了衣服，光裸着身子落入地上只会腐烂，不能再生，会抱怨人的无情无义。

行走澜沧江峡谷，融入怒族人生活中，真切体会《阿楼西杯》中蕴含的农耕文化，才会理解地处滇西北的怒族若柔人的农耕文明。

没能完整地听完《阿楼西杯》歌词，没能欣赏到《阿楼西杯》舞蹈，没能加入怒族若柔人的《阿楼西杯》狂欢里，我的兔峨乡行，始终是欠缺的。

烟雨江末

（一）

江末，这是兔峨乡一个怒族村庄的名字，地处澜沧江东岸，与兔峨街隔江对望。沿着盘山公路徒步向江末村，一路上，兔峨乡农民讲习所讲师李树奇给我讲述到怒族山寨宣讲党的十九大精神的情景。李树奇是怒族若柔人，深谙当地民情，宣讲政策颇受怒族群众欢迎。两人说着话，不知不觉走到了一个山包上，眼前豁然开朗，但见稻田铺展，山头就像一把平铺的扇子，扇骨是江末村，扇面是稻田。公路就像一条直线，把扇面一分为二，直通村子中部。稻田地里，三三两两的村民忙碌着。大部分稻田已经收割了，还有一部分稻田还没开镰，沉甸甸的谷穗低头向大地致敬。空气中弥漫谷香，我忍不住稻香诱惑，走到田埂上，摘了一穗稻谷，边走边剥谷壳，品尝若柔红软米。兔峨乡是怒族若柔人居住地，这个勤劳善良的民族，其农耕文明历史悠久，当地出产的红软米被世人称为若柔红软米。

在田埂上转背之际，居然发现一个奇妙的现象，一位相貌清癯的老人用稻秆捆南瓜。南瓜不大，可以拿在手里，老人却费劲地要给南瓜捆扎一个提篮。捆好了，他提着看看，似乎嫌弃不好看，又重新捆了起来，捆好后又提起来看看，这才满意地笑了。我抓拍了老人捆扎南瓜的镜头，他过于专心，竟然没有发觉。离开老人，我看到另一丘田里，有位大嫂忙着捆稻草的姿势好看，忍不住抓拍了起来。大嫂笑了起来，说这有啥好拍的啊。我笑着说，你不知道你劳动的姿势有多美。抓拍了劳动中的大嫂镜头，我回到公路上，继续向江末村走去，但见前面一个背影，手里提着稻草编制的提篮，提篮里的南瓜忽隐忽现，优哉游哉走在回村的路上。我边走边欣赏提着南瓜的背影，忽听身后“嘚嘚”马蹄声响，一个壮年男子牵着一匹马走来，马驮着稻草。久违的乡野气息，包裹着走向村里的脚步。

白墙青瓦，硬化的道路，墙画，走在整洁的村路上，心情就像十月里的艳阳天。不时看到墙壁上写着标语，“创建文明村做文明人”引起我的共鸣。敲门进入一户人家，与村民闲话丰收，感受怒族人家田耕生活。江末村的村容村貌及人文精神，令我真切感受乡村文明建设。走了一遍江末村，脚步不由拐到田野里。站在江末村的稻田里放眼四周，澜沧江峡谷景色尽收眼底。大电开发后，澜沧江变得缓步不前，江两岸一片黄金甲。江末村的稻田就像一把打开后平铺的扇子，而兔峨街所在的坝子，就像天神在澜沧江畔画下的圆规图案，兔峨街是圆的直径，兔峨坝子是半圆。秋庄稼成熟季节，半山腰上的点点金黄与坝子里的金黄互相呼应，兔峨大地就像盛产黄金。兔江桥横亘在澜沧江上，把两个坝子连接在一起。兔江桥位于原江末老桥正上方抬高复建，主桥全长

185.84 米，桥型为 1 米 × 25 米预应力混凝土简支箱梁 +(40+70+40) 米预应力混凝土变截面连续钢构，总宽 7 米、净宽 6 米。不时有车通过兔江桥，不时有行人通过兔江桥，从东岸江末村到西岸兔峨街，车来人往渡澜沧江犹如走平地。

新生的兔江桥是澜沧江峡谷中一道亮丽的风景线。坐在山冈上欣赏兔江桥，金黄的兔峨坝子和江末坝子遥相呼应，黛青色的山峦默然陪衬，一桥横架大江，天堑变通途。江末人有部分田地在兔峨坝子，无论干农活还是上街赶集，村民开着车来回方便，

又一个丰收年

即便徒步，也是心情舒畅。我和李树奇就是从兔峨街徒步经兔江桥到达江末村的。眼前的情景，令人不由想起了江末桥。江末桥是兔江桥的前世，兔江桥是江末桥的今生。一座桥的前世今生，从某种意义上说，涵盖了盐马古道上一个村庄的变迁。

篾索桥、铁索桥、人马吊桥、水泥桥，江末桥演变到兔江桥，经历了这样的桥型变化。无论啥类型的桥梁，江末桥是盐马古道到兔峨街的一个重要渡口，青菜坪、核桃坪、小弓箭、腊马登村的人都从江末过溜索到兔峨，大理州的云龙人也是如此。篾索桥用溜绑过桥，铁索桥用滑轮过桥。麻线加工出来后，编成两厘米宽的溜绳，绑在溜绑上作为渡江用具。溜绳长短有度，大人与孩子一样没区别。江末人中不会编这个溜索麻绳的大有人在，于是村里出现了手艺人，专门编渡江时溜索用的麻绳，有需要的人家拿着粮食来跟手艺人交换麻绳。麻绳初用时粗糙，越用越柔软。江末村的孩子跟着母亲到兔峨玩，母亲带着孩子溜篾溜索到兔峨，过溜索前，母亲在孩子身子上多缠两道溜绳，自己身上少缠一道溜绳，最后把溜绳挂在脖子上，就像系领带一样，打活结时绕几圈。母子拴好了溜绑，开溜前，母亲抱着孩子，叮嘱孩子眼睛别往下看，要孩子紧抱着自己，说别害怕，一下子就会飞到江西岸了。母亲蹬地过溜前，再次对孩子说，要下去了嘎，别害怕。说话间，溜索飞渡，耳畔风声呼呼，孩子还来不及好奇地看脚下的澜沧江，就到了对岸。

腊马登上面的村子叫腊马署。曾有段时间，腊马署办了一个附设初中班。江末人读初中，要过溜索到兔峨的松登农中，溜索渡江既麻烦又不安全。当时，兔峨校区校长是腊马署人，为了江东的孩子读书方便，在腊马署办了一两届初中班，随着江末桥由篾溜索改为铁索人马吊桥，江东的孩子到江西读初中不必溜索渡江了，腊马署初中班因此停办。

江末村没有竹子，篾溜索快要烂时，需要换新的，村里人就到山上有竹子的地方砍竹子。参加做篾溜索的人每天工分最高，有 12 分。他们把竹子剥成竹片，削下竹子外面的那层，村里的工匠开始编篾溜索的头，编到一定的长度，就有人扛着下山。边扛着边编溜索，一路扛着下山一路编着，这需要五六十个精壮劳力参与。山路弯弯，编溜索的队伍颇为壮观。编一次溜索耗时半年。溜索扛到江边，江末人把新的溜索接在没有断的旧的这根上，对岸的用力拉过去后，接好新溜索，再把旧溜索砍断；如果旧篾溜索断了，就利用黄牛负载溜索拉到对岸去。黄牛过江，可以带着小牛。在黄牛脖子上拴着很粗的一根麻绳。黄牛带着绳子过江，对岸有人接应。麻绳的另一头拴着溜索，对岸人用力拉麻绳，把溜索拉到对岸去。牛不会轻易下山进入澜沧江里，但主人专门驯服牛，牛会听主人的话。一旦主人下令头牛进入澜沧江，别的牛就会跟着头牛相继进入澜沧江，共同负载篾溜索过江。

为了江末桥畅通无阻，江末村每年需要做四条篾溜索。江末人每家有两三个溜绑。溜绑是江末人日常生活必需的工具。制作溜绑是一种工艺，槽子挖大挖小，过溜时都不好用。溜了几次后，槽子就变得光滑了。有时过溜，没有溜到对岸一二十米，只能用手攀缘着一点点梭过去。遇到下雨天，溜绑在溜索上非常滑，过溜索就得集中注意力，稍不小心就会滑到对岸山上砸伤自己，双手捏不住篾溜索，往往划烂了。有经验的江末人，在雨天过篾溜索时，折下来一根树枝，放在溜绑后面。一只手抓住溜绑，一只手抓住树枝，离对岸差不多时，就捏一下树枝，树枝与篾溜索间有摩擦作用，可以减缓溜绑滑行速度。经验丰富的人恰到好处捏树枝，起到刹车作用。没经验的人，怕滑行到对岸会砸到自己，提前捏树枝，提前刹车了，结果人还没到对岸，溜绑就停歇在溜索上，只好用手在篾溜索上抓行。

江末人在兔峨坝子种稻谷。每当秋收时，人们麻利地把粮食拴在溜绑上，带着粮食过溜，一袋袋地从江西带到江东。江末人到兔峨街赶集，买到牛羊猪，溜索渡江时，人带着牲畜过江。若牛太大，溜索过不了江，只能想法赶着牛进入澜沧江水里渡江。如果买了几头牛，只要其中有一头牛敢下水，其余的牛就会一头跟着一头下水。每逢赶集天，江末村的孩子们欢天喜地到溜索附近，在江边仔细搜索捡钱，大人们过溜索，衣兜里的硬币有时掉出来，飘落到江边。孩子们到江边捡钱，时常捡到硬币，一分、两分、五分都有。若捡到五分硬币，孩子们别提有多高兴了，五分硬币可以买到好几颗水果糖哩。

处在世界自然文化遗产三江并流区内的怒江州，自身辖地内也并流着三条大江，即怒江、澜沧江、独龙江。溜索渡江对于怒江人来说习以为常。新时代给怒江人带来巨变，现今，怒江上的溜索渡江现象基本上没有了，各种各样的桥梁飞架大江上，溜绑已成为江末村的古董。江末桥的故事，佐证一个怒族村庄的往事，佐证一个怒族村庄社会发展的印痕。

（二）

来江末村前，听说村里住着一位杭州姑娘，这位留学美国的

新时代怒族宣讲员

博士生研究的课题是兔峨乡江末村的怒族支系语言若柔语。我希望能在江末村见到这位远道而来的学者。不凑巧，我来到江末村时，她已经离开了。江末村是怒江州著名学者李绍恩的出生地，我想去李家院子看看，了解这位出身寒门的怒族学者的童年足迹，结果铁将军把门，李家院子沉寂无声。

我对云南省民族学会怒族学专业委员会副会长李绍恩的最初印象，来自他讲授的哲学课。能够把哲学课讲授得生动有趣，让学生听得津津有味，使得讲座课堂座无虚席，中间没有人愿意退场，在怒江州，我记忆里只有李绍恩老师能做到如此。

作为农家子弟且是长子，李绍恩的童年在读书与劳动里度过。当时，乡村没啥文化娱乐活动，看电影是村里人奢侈的文化盛宴。乡里的电影放映队到村里巡回放映电影，李绍恩最喜欢看的是战争题材的故事片。他崇拜解放军，梦想着有朝一日当一名解放军战士。

1969 年初，解放军部队的人到兔峨乡招兵，年仅 14 岁半的李绍恩报名参军。为了能当上一名解放军战士，他悄悄地把年龄报大了两岁，通过了兔峨验兵关。父母认为儿子不可能通过县上的验兵关，谁知，李绍恩居然通过了县上的验兵关，成了一名光荣的解放军战士。他是连队最小的一个兵。艰苦的新兵训练结束后，李绍恩分到连队。连队的文书即将退伍，读过初中的李绍恩受到连队培养，跟着文书熟悉工作，接替文书的班。他参军还未满一年，所在的部队从云南调防到河南。李绍恩在部队加入了中国共产党，成了一名党员。

1973 年初，李绍恩从部队复员，回到江末村。村小学缺教师，他被校区吸收为代课教师，并在江末小学任教。当年，他参加高考，兰坪县有 60 多名考生，仅考上了 13 名，李绍恩是其一。他填报的志愿是中医学院，结果被云南大学政治系哲学专业录取。大学生涯改变了李绍恩的命运，为他日后成为一名受人尊敬的怒族学者打下了基础。

李绍恩从云南大学毕业后，回到怒江州府所在地六库城，被分配到兰坪县革委会工作。当时有规定，新来的大学生必须到基层锻炼两三年，参加路线教育工作队，1976 年冬，李绍恩离开县革委会，到基层锻炼去了。1979 年底回到县城时，他这才知道自己已被分到县委党校工作了。当时，县委党校不办学也很少办班。李绍恩向组织主动提出要求到兰坪中学任教，因为当时兰坪中学缺少专任政治课教师。组织同意了他的要求，调他去兰坪一中担任了政治课老师。他不仅是初中、高中部的政治课老师，也是教师进修班的政治课老师，同时还是兰坪师范学校一班至四班的政治课老师（兰坪师范学校的师三、师四班后来并入怒江州师范学校，学生们到六库城读书）。李绍恩在兰坪县的教学任务重，但他从无怨言，工作充满活力、充满精力。把所学倾情教给学生，他这样想也是这样做。李绍恩的政治课精彩动听，学生们爱听他上的政治课。学生们参加中考或高考，政治分数考得较高，受到了学生们的普遍赞誉，也令李绍恩感到欣慰。

1982 年底，李绍恩调回县委党校。翌年初，他被推荐到省委党校学习，成了哲学班的一名学员，得以结识哲学教研室的老师。在省委党校学习期间，李绍恩成为云南哲学学会会员。他学成回到兰坪县委党校后，参加过几次哲学学会的年会和学术交流活动。调到州里工作后，他也参加过哲学学术交流活动，每次都提交论文。他的有些论文，引起省哲学学会负责人重视，且收入云南省哲学学会的论文集里。

全国性机构改革，提拔知识化、年轻化、专业化、革命化

“四化”干部，李绍恩因此由县委党校的教员进入县委常委，担任宣传部部长。州委党校办大专班后，李绍恩又被组织调到州委党校工作，担任理论教研室副主任、教务处主任、校党委委员，主要负责教研工作。在党校工作了六七年，一直兢兢业业对待教学工作，被评为优秀教师受到表彰。

无论工作多忙，职务有啥变化，学术研究一直伴随着李绍恩，他没有中断过。他先是研究云南省少数民族的哲学社会思想史问题和民间宗教方面的问题。随后开始著书立说。至今，个人独立完成或与人合作的书籍有十多部。几十年来，他的研究范围逐步聚焦于怒族的历史文化和怒族语言。他与中外学者合作向全国乃至世界推介怒族。其中，他与段伶老师合作过一篇论文《若柔语概况》，李绍恩出于对段伶老师的尊重，坚拒当第一作者，坚持署名时为第二作者。

1992 年，李绍恩调到州委讲师团工作。次年，在州语委安排下，李绍思完成了《怒族·若柔语言资料集》的编写工作，由云南民族出版社于 1993 年 9 月出版。李绍恩编写这本书时，正巧同村的堂弟李志恩大学毕业被分配到云南省博物馆工作，按相关规定到贡山见习一年。李志恩是英语专业的毕业生。李绍恩担任州委讲师团团长，教学工作比较忙，他请李志恩配合若柔语言资料集的编纂工作。出版《怒族·若柔语言资料集》署名时，李绍恩是第一作者，李志恩是第二作者。完成《怒族·若柔语言资料集》的书稿，令李绍恩开始接触怒族语言。这位怒族若柔人学者，尽管在此书撰稿前，就已经开始接触怒族语言，但完整意义上来说，撰写《怒族·若柔语言资料集》才是全面接触怒族语言。写作此书前，他研究怒族的原始宗教、怒族的哲学思想、傈僳族的哲学思想时，就开始了对怒族问题的关注和思考。

李绍恩在云南省委党校学习期间，认识了云南省社会科学院的龚友德研究员。龚友德成了李绍恩走上学术生涯的引领者。龚友德到大理各地调研时，通知李绍恩跟他一起进行田野调查。只要龚研究员通知李绍恩同行共完成课题，李绍恩或请事假，或利用寒暑假，跟随龚研究员进行田野调查。李绍恩做了较多田野调查的“功课”，他跟随龚研究员走完了大理州的很多村庄。艰苦的田野调查结束后，李绍恩又翻阅地方史料，他对民族历史文化的兴趣越来越浓，积累了一些东西。田野调查令李绍恩掌握了一些资料，为尔后的学术生涯夯实了基础。龚友德与李绍恩一直不间断地写学术论文。龚友德有课题任务时，有时会把子课题分给李绍恩完成。有时，龚友德把起草好了的论文拿给李绍恩看，李绍恩把起草好了的论文拿给龚友德看。两人联合署名，共同完成学术论文。他俩的学术论文在《大理师专学报》《云南民族学院学报》《云南师范大学学报》等刊登，有的论文列入《中国人民大学复印报刊资料》在全国交流，有的文章翻译成外文做交流，有的文章用中文以摘要形式推介，影响较大。李绍恩在良师益友龚友德的带引下走进学术研究领域，其学术影响力越来越广，研究成果越来越大，但他没有因此而影响工作，无论被组织调到哪里工

怒族男子服饰

作，他都把工作做好且做得出色。学术研究是他在业余时间里完成的。

继《怒族·若柔语言资料集》公开出版发行后，作为州讲师团负责人，李绍恩想到全州干部有必要了解比较全面的州情知识，于是主编了《怒江傈僳族自治州州情知识 300 题》，由民族出版社于 1997 年 3 月出版。此书涉及怒江的多民族和怒江各种历史知识。

怒江州召开第一次学术研讨会，李绍恩与他人合编了学术论文集，作为内部资料发行。后来，他又相继出版了《怒族文化大观》（与刘达成研究员合作）、《峡谷中的怒族社会》（与著名学者、教授张跃先生合作）、《中国怒族》、《当代云南怒族简史》、《怒族史话》等书。与人合作并即将出版的有《若柔汉简明对照词典》另有《中国少数民族大辞典·怒族卷》按计划在2021年底付梓印刷出版。

值得一提的是，2004年，怒江大峡谷民族文化暨中日民俗国际学术研讨会在六库城召开，日本有40位专家到怒江参加研讨会，这是国外学者来到怒江最多的一次。此次研讨会由怒江州政府和云南大学主办，国际影响力较大。作为怒江州的学术专家，李绍恩是大会筹备小组成员之一。此次国际学术研讨会的成果，由云南大学出版社出版论文集，这是一次中外优秀学术论文荟萃，李绍恩的论文入选。

2003年，云南省怒族学会成立，当时，李绍恩在广东挂职锻炼，他没能参加成立大会，被选为秘书长。每届任期五年。第二届选举协会班子成员时，李绍恩被选为副会长。为了鼓励李绍恩在怒族历史文化研究方面做出的贡献，贡山县政府、福贡县政府联合表彰了他。在福贡县负责建设“怒族博物馆”时，李绍恩被县政府聘为博物馆建设历史文化首席顾问。现在，福贡县又正在着手建设“木尼玛爱国主义教育基地”，李绍恩又被聘为基地建设陈展专家。2020年，中国国家图书馆和云南省非物质文化遗产保护中心联合会启动云南人口较少民族民间口头传统传承典藏行动，李绍恩被聘为怒族典藏行动学术专员。

虽然工作岗位多变，作为业余时间的学术研究，李绍恩从未终止过。他从未放弃对怒族若柔语的研究，与日本专家宫岸哲也长期合作。他们研究怒族若柔人的语法句法，两人联名在日本发表了几篇论文，出版了专著。当我正在访问李绍恩时，李绍恩恰巧收到了宫岸哲也给他发来的电子邮件，向李绍恩请教问题。他读李绍恩编著的《中国怒族》和《当代怒族简史》，就怒族传统的饮食以及烹饪饮食系列中某些饮食做法进行提问，李绍恩一一给予回答。

作为一名文学创作者，我的记忆里储存着李绍恩当怒江州文联主席时的零星片段，难忘他讲述的民俗讲座课。

（三）

一丘连接着一丘，梯田从澜沧江边往山腰攀升。水泥路穿过田野，通向江末村。正是稻谷成熟的季节，田野尽带黄金甲。秋日绚烂，村民们有的在割谷子，有的在打谷子，有的在扎稻草，空气中弥漫着稻谷的清香。思绪在稻草人上荡秋千，恍惚看到脖子上挂着相机的少年李绍智从田埂上走来，高绾的裤脚上沾着泥巴，笑容憨厚，就像地头灿烂开放的向日葵。

20世纪80年代，相机对于江末村怒族若柔人来说还是稀罕物。

李绍智的二哥买回来一台长城 135 相机，谋划照相，在乡里乡外以此做谋生打算。每逢寒暑假，二哥便带上李绍智到周边村寨招揽照相生意，李绍智因此迷上了哥哥的相机，迷上了照相。当时，照相用的是黑白胶卷，二哥带着洗印设备，当场拍照当场冲洗照片，深受乡亲们欢迎。

后来，二哥改做了其他事情，李绍智继续挎着相机，利用假期，走村串寨给乡亲们照相。初中毕业后，李绍智参军入伍，他携带哥哥的一台 120 相机到了部队。有一次，团里举办新闻报道培训班，连队推荐李绍智参加。新闻培训班的课程里有摄影，这次新闻摄影培训使他的摄影水平有了很大提高。参加培训班学有所成，李绍智在连队里成了新闻报道员，在《战旗报》及大理、剑川的报纸上刊登过新闻稿，受到连队嘉奖。

几年后，李绍智退伍回到江末村，通过考试成了兔峨学区的一名代课教师。因在兔峨乡下买不到胶卷，所以他极少使用照相机。偶尔到县城办事，才能到照相馆买上一卷胶卷，主要用于拍摄生活照。1995 年，李绍智通过考试，到了县城工作，他买了一台富士相机，开始尝试使用彩色胶卷拍摄照片。

数码相机风靡大江南北时，李绍智也赶时髦买了一台佳能数码单反相机。大哥李绍恩是一位民族学者，曾在州里多个部门任过职，在大哥的熏陶影响下，李绍智带着原有的摄影基础，于 2005 年开始转入摄影创作。

父亲曾在兔峨土司衙署里待过，李绍智在家时常听父亲讲罗氏土司的一些往事，他觉得这段历史很珍贵，因此打算制作一套明信片，宣传罗氏土司建筑。他从县城坐车到兔峨，对土司衙署建筑进行拍摄。全景、近景，正面、侧面以及内部结构等，从不同角度拍了100多幅照片。回到县城，他整理照片，给照片附上简短说明，拿给大哥过目。大哥看后，觉得从照片数量看可以编书，以图文形式介绍罗氏土司历史建筑。根据大哥的建议，李绍智立马着手编书事宜。他找来《兰坪县志》等史料书籍一大堆，细读涉及兔峨土司的内容。他想从罗氏土司后人那里了解一些罗氏的未解之谜，于是自费去了丽江找罗氏后人进行采访。

辛勤劳动收获丰硕成果。2007年10月，李绍智编著的《兔峨土司衙署印象》一书由云南美术出版社出版发行，总共精装印刷1000册。此书出版后受到读者好评，社会反响较好。《兔峨土司衙署印象》的出版发行，标志着李绍智摄影创作迈出关键的一步，这更加激发了他摄影创作的热情。

2008年至2010年间，李绍智参加美国纽约摄影学院多媒体远程教育。学院总部在纽约，北京城市学院摄影艺术中心设有中国学员教学点。李绍智按学院要求完成全科摄影的教学内容，获得美国纽约摄影学院颁发的毕业证书。李绍智决定把在摄影学院的习作作为学习汇报，2010年12月，他在县城租了一间房子，自费展出了60多幅作品。5天的展览参观者达500人次，电视台也做了报道，展览达到了预期效果。2013年12月7日，“我的梦想——李绍智个人摄影作品展”在兰坪县文化广场又一次成功举办，本

兔峨土司衙门一隅

次展出的 65 件作品中，含国内获奖作品 15 件。据不完全统计，参观者不少于 2000 人次，在兰坪文化人中引起一波热议。

进入 2010 年后，李绍智的摄影作品先后在国内外、省州县级报纸刊物发表 150 余件，有的作品还获了奖。《澜沧江大湾》被《今日中国》采用，《纯真童年》入选《2010 纽约摄影学院百年校庆集》，《荡秋千》《转转秋》入选 2011 年中国少数民族传统体育大型摄影展览，《梦回大羊场》等 15 幅本土题材作品在中国摄影家协会网展播。2013 年 1 月，李绍智加入云南省摄影家协会，同

江末村小景

年 11 月加入中国摄影家协会，他是第二个加入中国摄影家协会的怒江人。2013 年 12 月，李绍智荣获兰坪县文联颁发的“贡献奖”。2016 年 5 月李绍智荣获兰坪县委、县政府颁发的兰坪文学艺术奖。

从江末村到兰坪县城，一路品读李绍智的摄影情结，这个凭摄影一技之长，以美好的瞬间画面想更多地回报家乡、宣传家乡的摄影师，话里话外，对兰坪大地的深厚感情流露无遗。

走进知子罗

一

知子罗，这个地处怒江东岸的碧罗雪山腹地小镇，我对其有着深沉的眷恋。

最近一次知子罗行，我没有像以往那样搭伴从六库城坐车直达知子罗，而是以一位背包客的形象，在老姆登逗留一两天后，从老姆登徒步向着心中圣洁的地盘走去。一个人的行程，有着一个人的圣经。走在公路上，耳畔响着深情呼唤，随着前行的脚步，呼唤声越发清晰，碧罗雪山的雪线就像一对雪的翅膀在灵魂深处扇动，眼前难以挥开碧罗雪山鸟道上行走的背影。

烟雨朦胧，盘山公路在森林里曲折向前，怒江大峡谷雾气腾腾。除了偶尔有一辆车从知子罗方向而来，一路上没有见到向着知子罗方向而去的车辆和行人。布谷鸟的叫声不时从雨帘深处传来，密林中穿行的公路显得幽深旷远。行走其间，有一种孤独叫作追梦，有一种安静叫作执着。雾气模糊的山景就像人的心情，说不清道不明对知子罗的情愫。多次行走知子罗，为何还如此兴犹未尽？我给不了一个清楚的答案。但我明白，知子罗是需要耐着性子品读的一个地方，其历史情怀和人文精神吸引我前往。在知子罗的雨中漫步，大山就像神灵安放在面前的一张书桌，思绪就像隐形的文字，在“书桌”上自由抒写。

知子罗是傈僳语“季子洛”的谐音，意为有漆树的山谷，语意好地方。怒族语称知子罗为“益味”，意为富裕的地方。地名令我对知子罗想入非非，心思就像树叶上饱满的雨滴，随时坠落到红土地里。雨水是春天的语言，知子罗以一场雨欢迎我的到来。雨中行走，寂静的山谷诱发浪漫想象。不知不觉间，雨停了。山谷的雾就像嬉戏够了的孩子，懒洋洋躺在山与山之间，懒洋洋地挂在山的身体上。雾有千丝万缕，任山风携带着一些，从这头飘向那头。背着的行李里有相机、笔记本电脑，还有立体气候地域所必备的衣物及洗漱用品等，有点不堪重负。公路弯来弯去，怎么也没见青山之上的知子罗标志性建筑八角楼的楼顶，浪漫的情志淡了些许。

一辆摩托车悄然停在身边，有人操着普通话问：“去知子罗吗？”

“是。”我停住脚步回答。车主是一位小伙子。

“上车，我带你一段路。”他热情地说。

走得汗湿，且有点累，好心人主动停车，我没有更多客气话，道谢一声后就坐到摩托车上，双手抓住他的衣角。他稳稳地开着车，树不断迎接又不断退后，不知道其中那棵树是漆树。通过闲聊得知，他是怒族，老姆登村人。随着老姆登和知子罗的旅游业红火，他做摩托车载客生意，收入还行。带着外地游客出入老姆登和知子罗山水间，他不仅仅是摩托车手，还是一名义务导游，向外地游客介绍故乡的山水风景和民族风情。说话间，我们到了知子罗。我付车资，他坚拒，理由是自己来知子罗办事，顺便搭载我一段路，不是专门做生意载客。

望着摩托车远去，我才想起，忘了问他叫啥名字。

二

细雨霏霏。我打着伞，从景城客栈向广场走去。老远就看到八角楼，“怒族博物馆”牌匾显目。登上八角楼，安静地坐在一隅，观赏皇冠山景色。坐在八角楼上看皇冠山，皇冠山是连绵群山中的一分子，山怀开阔。怒江从遥远的天际而来，两岸重峦叠嶂，以江为中分，江水就像谷底的一抹白云。山的颜色从远而近，色彩由淡到深，层层递进，笔墨浓淡相宜，铺陈在广阔的大地上。淡墨写意的怒江山水犹如一幅画，成了知子罗的衬景。山的皱褶里，不知谁在漫不经心地涂抹白雾。大自然的神笔画作令我怀念

一个画室一幅水彩画。民居散落在绿树成荫的坡地上，渐次向着知子罗街道密集。

八角楼的前身是原碧江县图书馆，而碧江县图书馆的前身是怒江州文化馆。1954 年，怒江州政府在知子罗建立了文化馆，馆内有图书馆、阅览室、黑板报、墙报。1964 年，文化馆划归碧江县。1984 年，文化馆分设图书馆和群众艺术馆，同年，国家投资建盖了八角楼，成为怒江州规模最大的图书馆。从一些比较珍贵的旧照片上得知，八角楼没建盖前，有一座毛泽东主席的塑像，他背对皇冠山，面对碧江县城，右手指着前方。碧江早就撤县了，而州政府在四十多年前搬迁到泸水市六库镇，八角楼上书香飘散在尘埃深处。山城知子罗有着山城特有的清纯，古镇知子罗有着古镇特有的厚重。在八角楼上欣赏皇冠山的景致，记忆就像拾荒老人，一点点地俯拾岁月美好。

雾就像一根洁白的项链，戴在皇冠山脖颈上。雾又像一块洁白的纱巾，随意披在皇冠山的冠子上。在云遮雾罩中，皇冠山犹抱琵琶半遮面。琵琶是各民族喜爱的乐器，怒族称之为达比亚。皇冠山正在给怒江山水弹奏达比亚，一位叫作沧江霞衣的作家，坐在八角楼上醉听，漫溢内心的快乐就像畅饮怒族人家酿制的醇酒。

知子罗曾是怒江州府及碧江县城所在地。1954 年 8 月成立怒江傈僳族自治区，区府设于碧江县知子罗。1957 年 1 月，自治区改为怒江傈僳族自治州。州志记载，1973 年 8 月，云南省委通知，怒江州由丽江地区改属云南省委直接领导，并同意怒江州首府从碧江县知子罗镇移至泸水县六库镇。1975 年，怒江州首府自知子罗迁至六库镇。1986 年，碧江县撤销县制。碧江县撤销后，辖地一部分归入泸水市，一部分归入福贡县，知子罗属于福贡县匹河怒族乡。山城依旧在，当年州、县级机关办公驻地而今成了当地怒族、傈僳族、白族的民居，老城增添了新风貌，易地扶贫搬迁安置点的高楼群在知子罗外围成了新的风景点，老城演绎民族团结进步的赞歌。登上吱嘎作响的木楼梯，数着一间又一间空荡荡的陈旧房屋，读黑板上粉笔写的毛主席语录，以及20世纪60年代留下的团部会议通知，还有换届选举的投票记录，恍惚时光倒流。楼与楼之间台地上，大树参天，树与树之间有水泥桌和水泥凳子。坐在水泥凳上小憩，耳朵捕捉风过树叶的沙沙声，怒江往事浮现脑海。这个曾是怒江州政治、经济、军事、文化中心的小镇，而今寂寥，人心在历史舞台的更迭里淡然。此行知子罗，有着经济、政治、文化和社会生态综合功能的旅游业留在知子罗脱贫攻坚中的足迹，招引我前来寻梦。

徜徉其间，房门上红色五角星、地标性语录、红色标语和领袖画像，破旧的房室上挂着的单位牌子，宛如浮生一梦。从一排房子转悠到另一排房子前，读标识牌，想象陈旧的房子里，当年住在里面的人是怎样的生龙活虎。走着走着，脚步在一堵围墙前挪不开了。黑色砌墙石，墨绿兰草，兰草上一颗晶莹的水珠，我被墙头上一蓬兰草迷住了。来来往往的风不忍心摘走水珠，夜幕拉开了水珠与灵魂的对话。

三

碧江没撤县时，辖地包括匹河乡、架科底乡、子里甲乡、洛本卓乡、古登乡。碧江撤县后，以碧福桥为界限，匹河乡、架科底乡、子里甲乡划归福贡县，洛本卓乡、古登乡划归泸水市。知子罗属于福贡县匹河怒族乡。知子罗的历史，我不想推究古老的年代，仅从唐代说起。根据史料记载，南诏国时期，碧江县分属剑川、永昌节度使；宋代大理国时期，碧江县属澜沧郡博南总管府；元代属丽江路宣抚司；明清两朝属丽江木氏土知府，但在清雍正元年（1723 年）改土归流后，怒江摆脱了木氏土知府的统治，分别隶属于几个土司管辖。碧江有些地方属兰坪县罗土司管辖，有些地方（包括知子罗）属兰坪县下烟村原木土司伙头四付仪管辖。四付仪是傈僳族人，他委派南安甲村伙头普庆扒向知子罗、普洛、架究等怒族及上帕怒族收贡，民间纠纷调解由各地怒族头人管理处置。民国元年（1912 年），云南省政府建立殖边委员会，在兰坪县营盘街成立怒俅殖边总办。由景绍武为队长的殖边二队官兵从营盘翻越碧罗雪山，进驻知子罗，建立知子罗殖边公署，碧江开始设治，行使军事行政权力，并以知子罗村名为行政区名。民国十年（1921 年），知子罗更名碧江，意即知子罗背靠碧罗雪山，俯瞰怒江水。民国二十一年（1932 年），启用碧江县名。

知子罗是怒江州茶马古道历史中一个重要的驿站。因为兰坪县产盐，故兰坪县境内的古道被称为盐马古道，怒江沿线的泸水市、福贡县、贡山县不产盐，故这三个县境内（包括原碧江县）的古道被称为茶马古道。知子罗成了盐马古道和茶马古道的接榫点。从知子罗起步到营盘为止的盐马古道，叫作碧江—营盘盐马古道。怒江州历史上没有公路记载以前，居住在怒江两岸的人，从知子罗走上碧江—营盘盐马古道翻越碧罗雪山，到达营盘、啦

井背盐巴，或者继续前行，经过金顶坝子，过沘江河，走上盐路山，到达大理州剑川县及丽江等地。碧江—营盘盐马古道，最快的脚力来回 3 天。碧江—营盘盐马古道不仅是居住在怒江大峡谷的人们走向澜沧江峡谷的通道，也是怒江各族人民走向内地的重要通道；另外还有一条通往内地的古道叫碧江—腾冲茶马古道，这条古道以知子罗为起点，经舍打着到泸水市的马普拉地、自巴、双纳娃底、称嘎、蛮英、灰坡、桥头到达腾冲县城。此古道是明清时怒江通往腾冲的唯一官道，也是从内地进入怒江的重要门户。从知子罗到腾冲，需要走 15 天。知子罗人背着山货到腾冲，换回所需要的生产生活用品。中华人民共和国成立初期，碧江—营盘盐马古道、碧江—腾冲茶马古道成了知子罗境内的两条驿道。

怒江境内的盐马古道、茶马古道连接滇缅、滇藏茶马古道和博南古道、蜀身毒道，是古西南丝绸之路的重要通道。沉淀在怒江州盐茶古道上厚重的盐马古道文化和茶马古道文化，抒写一带一路沿线变迁和发展。从盐茶古道追溯知子罗历史，怒族部落、驿站、殖边队、碧江设治局、归国远征军、重要兵站、滇西“边纵”七支队……这些词语背后的丰富故事，令人恍惚穿行在知子罗的时光隧道里。

我曾经徒步碧江—营盘盐马古道，从地处澜沧江东岸的营盘街出发，坐车过甸尾桥（澜沧江大电开发后淹没在江水里），到达澜沧江西岸的小桥村委会，徒步到猴子岩村，走上碧罗雪山鸟道，翻越碧罗雪山，到达雪山峰巅的风口处。可惜我没有继续走下去，而是折返回了营盘街。从碧罗雪山风口下山，经九曲十八弯的山路及三道水到达知子罗，这段路我没有走，我的碧江—营盘盐马古道行并没有完整意义地走完。

知子罗号称“记忆之城”，无论你走在哪个角落里，都能撞上记忆的某一断点。无论你进入哪户人家闲聊，都会勾起回忆的碎片。我所下榻的景城客栈，客栈老板李志山就是一个有故事的人。他们家是民族大团结的家庭，他与父亲是白族，母亲是怒族，妻子是傈僳族。李志山的祖上是营盘人，走上碧江—营盘盐马古道，翻越碧罗雪山，从山的另一边搬迁到知子罗定居。到李志山这一代，他也说不清楚是第几代人了，但他的大姑妈嫁到了营盘街，淡化的亲属关系又在营盘延续，碧罗雪山的那一边有他的亲人。李志山的母亲是地地道道的知子罗人，李志山讲得一口流利的怒族话和汉话，却不会讲也不会听白族话。景城客栈收拾得干净整洁，住宿舒适，目前是知子罗唯一带标间设备的客栈，可以开住宿发票等，不仅游客喜欢到景城客栈住宿，下乡的工作人员也喜欢到景城客栈住宿。如果景城客栈客满，游客就会开着车到老姆登住宿。景城客栈兼顾农家乐生意，夫妻俩分工明确，李志山炒得一手好菜，时常下厨房为住客炒菜，妻子负责小卖部生意、客栈住宿安排和照顾孩子。他们分工合作，哪一方得闲时帮助忙碌的一方，夫妻俩配合默契。景城客栈后面的院落是李志山家的老屋，这是碧江县城撤县后，他们分到的房屋，属于 20 世纪 50—70 年代怒江州公安局在知子罗时办公及住房中的一部分。他家与邻居及邻居与邻居家的房子接挨着，一直延长至大门处，房屋都是砖混土木结构房屋，木楼梯木门窗。院坝狭长，成了一条甬道。甬道尽头是大门。走出大门，就是一条宽阔的石台阶路，隔路对望，就是怒江州委、州政府遗留在知子罗的办公大楼和住宅楼。有游客向李志山建议，老房子保持老房子的样子，拓展为客栈生意的一部分，增加客房数。游客的建议正合他的心意，他有这方面的打算。

景城客栈大门外是公路，一头通往广场，一头通往茶山。碧江–营盘盐马古道在中华人民共和国成立后得到拓展，人行步道拓宽成五尺马帮路。景城客栈门口的这段公路是碧江—营盘盐马古道的一部分，只是盐马古道的真实风貌被公路隐藏了。在不远处的树林里，从碧罗雪山而来的盐马古道与向着茶山而去的公路在拐弯处相聚。我向着心仪的古道走去，一路上鸟鸣啁啾。山谷对面的普洛村就像挂在山脊上的画，有种不真实的感觉。雾在山谷里飘来飘去，不时调皮地把村庄藏在怀里。通村公路就像怒族乐器达比亚的琴弦，在大地上奏响新时代歌谣。公路与盐马古道交界处，有一个蓝色底板白色文字的路牌，箭头指向云南建投兰福公路（福贡段）项目经理部二分部所在的方向。作为三区三州的怒江州打响脱贫攻坚战以来，在交通扶贫中，怒江交通发生了翻天覆地的变化，正在建设中的兰福公路是交通扶贫中的一条重要线路。

兰福二级公路起于兰坪县县城北侧与剑兰公路止点相接，沿地势向西升坡展线，由古盐都隧道穿越笔架山，经过啦井、营盘至澜沧江东岸青吾甸附近，设主跨 160 米连续刚构桥梁跨越澜沧江。经过澜沧江西岸的仙人沟、猴子岩等地，从恩琪隧道穿越山体，路线升坡至弥罗岭河上游后，再由碧罗雪山隧道穿越山体后，经过窝票、腊师地、夸来底、三道水，在三道水处转向南，设隧道穿越夸来底东侧山体，出隧道后经拉罗腰、匹河、知子罗等地，到达路线止点为匹河乡月亮田西南侧，与美丽公路汇合。路线全长 119.225 千米，其中金顶至营盘段长 50.669 千米，营盘至匹河段长 68.556 千米。兰福公路是怒江人的梦想，这条公路修通后，

讲述祖先迁徙故事

成为兰坪县连接福贡县、贡山县的重要通道，这是兰坪县融入大滇西旅游环线的一条重要通道。兰福公路有的路段与碧江—营盘盐马古道重合，有的路段互不相干。

厨房里的活结束后，李志山倒了两杯五味子酒，坐下来跟我闲聊。我不善酒，他说这是自家酿制的酒，女人喝一点五味子酒对身体有好处。盛情难却，加之下雨天气，知子罗的夜晚有点凉，我从六库城来，州府所在地的炎热气候令我低估了知子罗早晚间的气温差，穿着单薄，适合喝酒驱寒。我把杯子里的酒倒给他一些后，拿起酒杯抿了一口，口感极好，不觉喜欢上了这酒味。慢慢地品酒，我们说起过往，说起兰福公路。李志山兴奋地说，兰福公路通车后，他开着车带着家人去营盘探望大姑妈。他还要时常来往两地间做一点生意，更加有力地带动客栈和农家乐产业发展。

兰福公路令知子罗到营盘只有两个多小时的车程，从碧罗雪山这头到碧罗雪山的那头，怒江畔和澜沧江畔亲戚间来往变得不再遥远。兰福公路的开通，有力地促进了怒江畔和澜沧江畔各族人民的经济贸易往来。在怒江州旅游扶贫中，碧江–营盘盐马古道是一条值得打造的户外运动线路。旧时代里走西口般的盐马古道，与新时代中兰福公路共存，新旧变迁烙印山谷，抒写怒江州一步千年的划时代历史。

四

置身于知子罗广场，墙壁上遗留的标语及毛主席头像，令我的思绪在一种氛围中难以自拔。我走上八角楼前的水泥舞台，想象自己是集时间老人宠爱于一生的演员，在这个有着怒江人记忆的舞台上演出怒江往事，也在这个有着怒江人向往的舞台上演出怒江新时代故事。沉溺在个人情绪里，不经意间，视线被对面的红太阳农家乐招牌吸引。我走下舞台，穿过广场，冲着“红太阳”

几个鲜红的大字走去。

红太阳农家乐女主人叫亚妹，与丈夫坐在院坝中悠闲聊着，见我走进来，两人热情招呼。时常在怒江大地上行走，我与老百姓是自来熟。与亚妹和其丈夫闲聊，就像邻居间串门一样，彼此间没啥拘束，不知不觉聊得火热。亚妹的丈夫是健谈之人，亚妹附和着夫君，偶尔说两句。有时用怒族话提醒丈夫漏了的细节。

亚妹的娘家是福贡县城人。当年，县政府要建灯光球场，把娃底一组村民转成城镇户口，享受城市低保，就这样，亚妹成了城镇户口。她嫁到知子罗后，两个孩子户口随妈妈，也成了城镇户口，而亚妹的丈夫是农村户口。农村户口的丈夫被评为建档立卡户，享受易地扶贫搬迁政策。独人户易地扶贫搬迁被安排到指挥田安置点，两人户以上在知子罗就地安置，于是，亚妹的丈夫在指挥田安置点拥有了一个20平方米的家。他们的大女儿出嫁了，小女儿读初三。作为建档立卡户的丈夫要脱贫，在指挥田安置点拥有了新家，但房子只有一间，没有厨房，一家人无法入住。拥有城镇户口的亚妹和女儿不是建档立卡户，住在知子罗，丈夫只好住在知子罗。这令他们困惑不已，一个家分裂出两个家，日子如何过？

知子罗村辖知子罗、色坎折、达罗3个自然村，13个村民小组。居住有怒族、傈僳族、白族。当地群众把州府、县城在过的地盘称为碧江老县城。碧江老县城有358户，其中有80户城乡接合部居民。这些城乡接合部的居民，有亚妹家这样情况的；也有

开心一刻

父母中有一方工作，子女落户城镇户口，但家庭成员中有农村户口；还有原碧江县时期的菜农队转成城市户口。一个家庭分裂成两个家，这成了易地扶贫搬迁工作中比较尴尬的问题，也是知子罗易地扶贫搬迁安置点的突出问题。

红太阳农家乐有 5 间平房，这是亚妹家向知子罗村天保所借的房子，其中可以住的有两间，一间房是夫妻卧室，一间房是小女儿卧室。院坝里搭建雨篷，遮风避雨，可以放得下几张桌子，食客在这里吃饭，还可以观赏广场，看到对面的八角楼。农家乐的前身，在天保所之前是学校的房子，碧江撤县后，这里曾是小

学的校址。现今，小学搬迁到匹河去了。他们的两个女儿没有在这块地盘上读过小学，大女儿读小学时，他们住在福贡县城，夫妇俩卖烧烤。小女儿读小学时，他们住在匹河，夫妇俩卖早晚点。他们一边做生意，一边招呼孩子。小女儿考上初中，夫妇俩回到知子罗开办了红太阳农家乐。虽然老姆登和知子罗相距不远，知子罗的客栈及农家乐生意不及老姆登发达，两地的旅游业给我的印象：老姆登年轻活泼，知子罗老练矜持。

亚妹丈夫在碧江老县城里拥有一间房子。碧江撤县前，他家的老屋在县医院下面。碧江撤县后，政府让附近的农户搬迁到老县城空房子里，原住处的老房子变成复耕地，让原住户耕种。碧江撤县时，亚妹丈夫正在读高中。他家搬迁到碧江老县城，按照人口分配房间，他家有五姊妹，搬迁到碧江县粮食局所在地后分到六间房子，五姊妹每人一间，父母一间。亚妹生了两个女儿后，这间丈夫名下的房子没有变化过。如今，这间老房子成了大女儿一家回娘家探亲时的落脚点，平时有朋友来知子罗游玩，也被他们安排到这间老房子里住。承载儿时记忆的老屋变成复耕地后，亚妹老公在上面劳作过，而今，这块复耕地不存在了，变成了知子罗易地扶贫搬迁安置点的一部分。

网络上有人撰稿，碧江撤县后，老百姓随意占用空房子，有的房间住不完，变成了牲畜圈。提及这事，亚妹丈夫说这是瞎吹牛，国有国法，家有家规，村有村规民约，老百姓怎么能乱住乱占用老县城的房子啊！碧江撤县后，分配老县城房子，老耕地户有一份，但家里有的人出去工作了，分着的房子闲置着，于是借给别人住，别人住不完，有可能成为牲畜圈。也有的不回来知子罗住了，可能私下把老县城的房子处理掉了。怒江发展旅游业，福贡县要打造“记忆之城”，恢复老县城的模样。那些处理掉老县城房子的人，说不定有后悔的一天……我们没有方向地随意闲聊，说起碧江老县城的房子，都期待“记忆之城”恢复旧貌这天的早日到来，对知子罗旅游发达前景充满信心。

知子罗从 1912 年开始成为碧江县的行政中心，到中华人民共和国成立，37 年间，仅有两幢土木结构瓦房和一座四合院（设治局衙门）。怒江傈僳族自治州成立，源源不断的物资从碧江—营盘盐马古道运往知子罗，支援知子罗进行城镇建设。在短短几年时间内，建起了州县机关用房、民族贸易大楼、医院、学校等，到1986年碧江撤县止，知子罗已被建设成一座傍着碧罗雪山环列、高楼屋宇鳞次栉比的新山城。

当年的新山城，而今的旧山城，碧江老县城风采迷人。

五

一条栈道，石板铺路，有台阶，有平路，顺着山势，弯曲迂回地从碧江老县城直达知子罗易地扶贫搬迁安置点。

知子罗安置点处在高高的台地上，背靠老县城，面对怒江大峡谷。站在安置点回廊上观赏簇新的现代化高楼建筑群，云雾飘过，与背后的山融为一体。伫立回廊上鸟瞰怒江，山高谷深，怒江水只是天上的一朵云落在谷底。放眼四周，山连绵不绝，沟壑纵横。谷底的云凝重，山峰上的云飘逸。读山读云读水，从一个角度到另一个角度，有不一样的视角就有不一样的感受。安置点住房与回廊之间场地开阔，有人开玩笑说可以停得下一辆直升机。如水清洗过的山，如水漂洗过的云，如水冲洗过的地面，置身其间，心就像水一样清澈。

知子罗村属典型的边境民族高山直过贫困村，知子罗易地扶贫搬迁安置点项目于 2017 年 10 月 20 日开工，次年竣工，住房有 8 栋 12 单元共 121 套。安置 121 户，其中建档立卡 118 户，建档立卡回迁 2 户，非建档立卡回迁 1 户。安排的公益性岗位有 136 人，包括生态护林员、保洁员、水管员、电工、保安、地质监测员。安置点内有综合服务中心、警务室、卫生室、关爱中心、党员活动室、扶贫车间、幼儿园、就业创业服务站、劳务服务工作站、便民诉讼服务点等。知子罗村民委员会办公地点设置在安置点内。

巾帼扶贫车间大门前有一座雕塑，红色的底座，红色的“书”，上书福贡人民十谢共产党。我站在“书”前，再次读福贡人民十谢共产党的内容，心海荡起涟漪。扶贫车间大门两侧，犹如一副对联般挂着两块木牌子，分别写着：中央企业中国三峡集团援建知子罗村扶贫车间项目，东西扶贫协作珠海（怒江）我能商贸发展有限公司。这副“对联”，横批：巾帼扶贫车间。车间里有几位妇女忙着缝制棒球。2019 年 7 月 12 日，这个日子她们都记得很清楚，这天，她们开始在巾帼扶贫车间里缝棒球。同年 12 月直至翌年 4 月中上旬，她们没有缝棒球了。新冠肺炎疫情令她们复工得晚，直到 4 月下旬，巾帼扶贫车间才有原材料供应，她们得以继续缝制棒球。扶贫车间的妇女们就像一个民族大团结的家庭，相处融洽。她们一边熟悉地缝着棒球，一边说笑着，车间的气氛轻松愉快。

施肖花是知子罗怒族人，原住在老县城广场附近，一家三口

⬆知子罗安置点的**扶贫车间**

⬇知子罗**安置点**

人，易地扶贫搬迁到知子罗安置点，享受60平方米的户型。4月26日，匹河小学开学了，孩子读六年级，住在学校里。丈夫是村干部，忙碌在脱贫攻坚前线。家里有4亩茶叶地，施肖花除了采茶外，就在巾帼扶贫车间里缝棒球，她一天缝15个。

阿杜是缅甸密支那人，嫁到知子罗村有七八年了。她丈夫是怒族人，他们有两个孩子。对于阿杜来说，嫁到知子罗等于回归故土。解放战争时期，爷爷带着阿杜爸爸搬迁到缅甸居住。阿杜的怒族名字是怒玛杜。她的户口在缅甸，没办法落户夫家。他们家四口人，易地扶贫搬迁时只能享受3人待遇的60平方米的房子。丈夫拥有护林员的公益性岗位外，还可打工补贴家用。阿杜对新居表示非常满意。他们未搬入易地扶贫搬迁安置点前，住在老县城原检察院房子里。新冠肺炎疫情导致中缅口岸关闭，她回不了娘家。两个孩子尚小，她在家照顾年幼的孩子，所以对能在家门口打工表示满意。她得空时缝棒球，她缝棒球只有两天的时间，因去年她带着孩子回娘家住了好长时间，没能到巾帼扶贫车间缝制棒球。

蔡春平是傈僳族，娘家在兰坪县营盘镇凤塔村。回娘家探亲，她都是坐车经六库城到达营盘，没有走过碧江—营盘盐马古道。未易地扶贫搬迁到安置点前，他们住在知子罗下村。丈夫是知子罗下村小组的副组长，怒族人，拥有护林员的公益性岗位。他们还没有孩子，两人户，在安置点享受40平方米的住房。去年开始，她就在巾帼扶贫车间缝棒球，每天最多缝十七八个。正值农忙，知子罗处在春茶采摘季节里，她有时去采茶，顾不上缝棒球。

和义妞是从泸水市洛本卓乡嫁到知子罗下村的，她是傈僳族，丈夫是怒族。他们有两个孩子，加上奶奶，一家五口人，易地扶贫搬迁到知子罗安置点，享受100平方米的住房。她拥有保洁员的公益性岗位。丈夫时常在外打工，在公路隧道里开拖拉机，以前在文山州干活，现在美丽公路上干活。家里有小孩与老人需要照顾，她对在家门口上班满意极了。

和冬花来自兰坪县营盘镇连城村小村小组，19岁时嫁给知子罗村一位怒族小伙子为妻，在知子罗生活了20多年。当年澜沧江畔的白族支系拉玛少女，而今在知子罗成了一位小女孩的奶奶。她有三个孩子，老大、老二是男孩，老三是女孩。五口之家，在安置点享受100平方米的住房。未易地扶贫搬迁前，她家住在知子罗老大队那里。她缝制棒球，一天最多可缝30个。

时候不早了，她们要下班回家做晚饭。征得和冬花同意，我在驻村工作队长余红英的陪同下，到和冬花的新家参观。

客厅沙发上，和冬花的丈夫郭永生和二儿子坐着看电视，他们背后的墙上挂着习近平总书记接见穿着独龙族服装的高德荣及乡亲的照片。和冬花家的住房有三室一厅一厨一卫，还有一间小储藏室、一个阳台，阳台连着客厅，放了一张床。大儿子从泸水市职业中学毕业后，在一所电站打工，已成家并有了一个女儿，但妻女户口不随夫家，故没能享受到知子罗易地扶贫搬迁安置点的住房福利。二儿子在大理技校读了三年的汽修专业，已毕业。他在重庆实习，希望在怒江谋取一份汽修工作。小女儿在福贡一中读高中。一家三代人团聚时，房间不够，连着客厅的阳台上摆放一张床，临时充当卧室。

搬迁到安置点后，郭永生拥有保安员的公益性岗位。他家有 4 亩多的茶叶地，还有部分核桃。除了做好公益性岗位工作外，他还要管理茶叶地和核桃林。郭永生落落大方地说起了与和冬花的爱情故事。当年，他走上碧江－营盘盐马古道，从营盘经啦井再到金顶凤凰山挖铅锌矿，他是小包工头。和冬花到凤凰山打工，正巧被郭永生招聘为炊事员，给郭永生和同伴们做饭。在朝夕相处中，两人产生了爱的火花，和冬花嫁给了郭永生。郭永生幽默地说，她比我大一岁，当年给我们做饭时，我喊她姐姐，想不到姐姐一辈子给我做饭了。他们没少走过碧江－营盘盐马古道，夫妻俩时常走上这条古道，到碧罗雪山另一边去探望双亲。家庭困难，他们去营盘探亲，往往徒步盐马古道。

↑扶贫车间

↓易地扶贫搬迁后的怒族人家

有一天，他们早早地起床，煮好早饭和晌午饭，背上孩子就上路了。外公外婆还没见过孙子，他们带孩子去见老人。从知子罗经三道水、九曲十八弯，然后攀登碧罗雪山到达风口处，在雪山上走不多远，一条路下山去往弥罗烟村方向，一条路下山去往小桥村方向，虽然两地都有亲戚，投宿方便，他们往往选择走上小桥村的路，那条路好走一些。在小桥村亲戚家住上一晚，第二天又早早地上路了，走到甸尾桥。甸尾桥是公路桥，若能搭到车到营盘街，他们再走路到小村就省事些。但他们在甸尾桥没有搭到车，只好走路，到小村时天黑了。

从碧罗雪山风口到小桥村，这段盐马古道我曾走过，深知古道艰辛。沿路村寨采访，耄耋老人讲述往事，令人掬一把辛酸泪。他们告知我，翻越碧罗雪山要有经验，每年农历九月到翌年二月这半年，天晴时才可以翻越碧罗雪山，而且必须在早上 7 点至 9 点这三个时间段内翻山，10 点以后，碧罗雪山上风很大，同时也会下雪。风挟积雪冲天而起，雪有齐腰深。这几个月里，天阴下雨，碧罗雪山走不通。农历二月到八月份，天阴下雨也可以翻越碧罗雪山，但要在中午 12 点以前翻越碧罗雪山。若 12 点以后再翻越碧罗雪山，风口便会起风，大风卷起石头，裹挟着人不知去向。

郭永生一家人对兰福公路的修建，喜悦之情溢于言表，今后去营盘探亲，两三个小时的车程就可到达，用不着两头黑地辛苦走山路了。实际上，从 2000 年起，他们家再也没有走碧江—营盘盐马古道回营盘探亲。日子比以往好过起来后，他们坐车，从知子罗到匹河再到六库转车，由六兰公路回到营盘小村，探亲的路比起走古道不算辛苦。兰福公路的修通，令他们探亲的路比起六兰公路缩短了三倍左右的路程，更加省事了。

郭永生在金顶凤凰山承包铅锌矿洞时，村里的伙伴们不敢进洞干活，他只好招募别的人干活。2006 年以后，他带知子罗村的人到匹河电站隧道干活，村里人思想观念改变了，不再对进洞干活存有神灵方面的敬畏心理，跟着郭永生进洞干活。郭永生还带着知子罗人到保山挖隧道，一干四五年。2017 年，知子罗易地扶贫搬迁安置点开工以后，他带着村里人在安置点上干活。这位怒族汉子憨厚地说："我当小包工头只是个名声，我把工程承包出来后，与村里人一起干活，一起分红。"新冠肺炎疫情防控战打响后，郭永生没再出门打工。他闲在家里时，负责照顾孙女，和冬花到巾帼车间缝制棒球。郭永生若去茶叶地忙活，或安置点出保安任务时，和冬花就负责照顾孙女。孙女小，她不能像同伴们那样带着孙女到巾帼车间干活。望着其乐融融的这一家人，不由深深地祝福。他们家搬迁到安置点新居后，和冬花的老母亲从营盘坐车来到知子罗，在女儿的新家住过一段时间，对女儿一家人能住上这么漂亮的房子，生活在如神仙居住的美丽地方，老人欣慰，感恩新时代。

两头住的现象在知子罗安置点是个突出问题，除一家人户口有城乡接合的现象外，还有安置点住房卧室有限，孩子大了，因男女性别而分占了卧室，年老的父母没有了住处，只好住在老县城旧房里等，一家人无法搬迁到安置点新房子里住。在知子罗易地扶贫搬迁安置点综合服务中心当志愿者的张碧梅，她家就是这种典型。她家四口人，父母、哥哥和她，易地扶贫搬迁到知子罗安置点，享受 80 平方米住房，因只有两间卧室，哥哥和她一人占了一间，父母只好住在老房子里。

“女人花”，离开安置点时，我突然想到了这个名词。她们是盛开在知子罗易地扶贫搬迁安置点的女人花，散发出劳动美和质朴美。

知子罗有山的坚毅，有水的柔情，有雾的空灵。我在时光隧道中穿行，所写的文字就像耪地的老农，裤脚上沾满泥巴，垦荒种地不敢有丝毫的马虎。

六

拾级而上，我与余红英漫步于知子罗易地扶贫搬迁安置点通往老县城的栈道上。怒江州脱贫攻坚战役处在决胜冲刺阶段里，这位驻村工作队队长，在这场没有硝烟的战争里，她从一个阵地到另一个阵地，任劳任怨，不知疲倦，没有一丝抱怨的话语。

余红英是福贡县住建局的中层干部，于 2019 年 2 月到鹿马登乡亚坪村当驻村工作队队长。鹿马登乡脱贫出列后，同年 6 月，她到知子罗村当驻村工作队队长。亚坪村是中缅通道之一，是中国远征军归国路线之一，也是福贡县对缅甸开放的前沿阵地之一。县住建局挂包帮扶亚坪村已有23年。余红英于20世纪90年代参加工作，一直在住建局上班，可以说见证了单位帮扶亚坪村的历程。

从亚坪村扶贫聊到知子罗村脱贫攻坚，倾听驻村工作队长讲述，我不由想起了怒族作家叶世富撰文《怒族地区改革史话》，其中，第三节的内容是国家和省两级在怒族地区实行挂钩帮扶和结对帮扶，他从交通运输部、云南省交通运输厅在怒江实施挂钩帮扶，以及省、州、县各部门在怒江地区实行挂钩扶贫两方面加以阐述。怒族地区的扶贫工作始于20世纪80年代。1986年以来，州委、州政府认真执行党中央、国务院关于尽快解决贫困地区大多数群众温饱问题的战略部署，把开发经济扶贫、解决群众温饱作为州县的工作重点和中心任务。州直机关32个部门分别到各县10个贫困乡、镇建立扶贫联系点。县、乡、村也把扶贫工作列入重要议事日程，制定了目标措施，建立了不同形式的部门、干部、党员联系或承包制度。1996年以来，怒江州社会各界积极参与扶贫开发，坚持实施州、县、乡（镇）领导挂钩联系贫困乡、村，党政机关、企事业单位、人民团体、解放军、武警部队定点挂钩贫困乡帮扶贫困村，党员、干部结队帮扶贫困户的社会扶贫制度。叶世富的文章，令人不难理解驻村工作队队长余红英所说之事。

知子罗村有358户1022人，其中建档立卡户240户720人，贫困发生率70.45%。2019年末，已累计脱贫203户620人，未脱贫建档立卡户 37 户 100 人，贫困发生率 9.79%。余红英他们到知子罗驻村时，只有 17 户脱贫，当中还有错评的，没有漏评。他们用几个月的时间理顺，了解基本情况，根据乡里安排，脱贫的列出去，于是就有了这段话里的精准数字。

听着余红英如数家珍般说起知子罗村 37 户 100 人没脱贫的客观原因，有些房子要以农危改的方式对待。哪些房子要加固房子、修补门窗；哪些房子需要上圈梁、内部巩固；还有哪些房子要翻盖，她就像自家的孩子般熟悉，了然于胸。

付加永是土生土长的怒族人，在老县城长大。他开着一辆电毛驴走村入户奋战在脱贫攻坚一线。我曾坐着他开的电毛驴去色坎折采访达比亚州级非遗传承人，他给我的印象是待人诚恳，话不多，一句是一句，极其简练，没有多余一个字。我到易地扶贫搬迁知子罗安置点采访时，他有点紧张，担心自己表达不好，赶紧叫来了驻村工作队队长余红英。如此朴实的怒族汉子付加永，令人刮目相看。

七

知子罗村地处匹河乡东边，东邻兰坪县营盘镇，南邻普洛村，西邻架究村，北连老姆登村，距匹河乡政府所在地 19 千米，距福贡县城 44 千米。在知子罗安置点环顾周围的环境，我痛下了到知

皇冠山

子罗相邻之地走走看看的决心。知子罗东边的营盘镇，我在深入盐马古道田野调查时，多次行走，比较熟悉。知子罗北边的老姆登村，我就是从那里来知子罗的。知子罗南边的普洛村、西边的架究村，成了我在知子罗行后必走的路线。

离开知子罗这天，我早早地来到广场，登上八角楼，静静守候，希愿能抓拍到日出的光辉照射在皇冠山上的景致。可惜天公不作美，天阴得就像睡眠不足而睁不开眼的孩子。守候了两三个小时，天还不放晴，我失望地回到景城客栈。

收拾好行李，背上行囊，我向客栈老板娘告别。客栈老板李志山送孩子到匹河读书，在匹河办事还没有回来。此行知子罗，处在阴雨天气里，我只好放弃了攀登碧罗雪山七莲湖的打算。在碧罗雪山这边，知子罗人把雪山上的高山湖泊群称为七莲湖；而

景城客栈外观

在碧罗雪山的那边，营盘人把雪山上的高山湖泊群称为黑白龙潭。七莲湖也好，黑白龙潭也好，这是知子罗镇和营盘镇的分界线。我虽然从营盘镇小桥村经猴子岩小组到达碧罗雪山上的风口，从黑白龙潭群附近经过，但错过与之亲近的机会。而今到知子罗，我依然与七莲湖错过。望着碧罗雪山叹息而归，只好安慰自己，留一点遗憾，这是我再回知子罗旅游的理由，也是我再次到景城客栈住宿的理由。走出客栈大门，我在客栈招牌前停留了一会儿，有点依依难舍。人在羁旅，这个令我感到宾至如归的客栈，我想我会再次来的。

停靠在公路边的客运车辆就像蒸发了似的，没有一辆等着我。我有点懊恼，在八角楼逗留的时间太长了，以至错过了山城知子罗搭车的最佳时间。“记忆之城”亟待打造，旅游还处在起步阶段的知子罗，除了私家车出入方便外，游客搭乘车离开此地有个时间段，错过这个时间段就没车了。我惦记着茶厂到老姆登村的步栈道，离开老县城，一路打听着向前走。走到岔路口，我有点犯怵，一是行李重，二是路上太安静了，加之对路不熟悉，我不敢贸然独行步栈道。

一辆摩托车迎面驶来，驾车人竟是张碧梅。她要去老县城买包子。两人寒暄后，我问她能否送我到老姆登村。她爽快地答应了。张碧梅剪着一头漂亮的短发，一双大眼里盛满热情与真诚，一说一笑就像一株碧罗雪山上盛开的杜鹃。她毕业于一所技工学校的护理专业，在知子罗易地扶贫搬迁安置点综合服务中心当志愿者。她做事麻利，谦虚好学，为人落落大方。她是新一代怒族人，给我的印象比较深。

一会儿，张碧梅就开着摩托车返回来了。她没有买到包子，包子早已卖完了。她带上我，摩托车向着老姆登村驶去。看着两边闪过的树，思绪在身后扯着知子罗，越扯越远，理不清，剪还乱。

知子罗是一首山水诗歌，也是一首人文诗歌。走在知子罗，读怒山怒水怒族人文，盘桓心头的情愫就是一曲怒族情歌“哦得得”。

时光隧道中的沙漏

赖茂河畔，一座民宅。院坝里，两位老人，男的拉着二胡，女的入神听着。

八旬老翁赵师简拉着二胡，临水演奏。亚好坐在老伴身边，静听他拉二胡。熟悉的旋律再次响起时，她忍不住合着二胡节奏轻声唱了起来。赖茂河流水潺潺，携带欢快音律，向着怒江流去。二胡悠悠，岁月悠悠。往事如流水奔涌老两口心头，难以忘怀在文艺宣传队工作的岁月。

一、参加毛泽东思想文艺宣传队

走出碧江中学大门，赵师简恋恋不舍地在门口站了一会儿。这个从贡山县来的怒族小伙子，在碧江中学完成了初中、高中学历教育。学校背后的山坡上松树成林，里面有他们班栽的树，其中哪一棵树是他栽的，他心里清楚。

民国时期，怒江州没有一所中学。中华人民共和国成立后，兰坪县于1951年率先办起了一所中学；州里于1955年在碧江县办起了一所面向全州招生的州民族中学，并于当年面向泸水县、福贡县、碧江县、贡山县招收了第一批学生。1958年，泸水县、贡山县相继创办了初级中学，同时碧江中学、兰坪中学开始招收高中生，升格为完全中学。赵师简于1957年考入碧江中学，通过6年苦读，于1963年9月完成高中学业，并于10月到怒江州毛泽东思想文艺宣传队报到上班。

时隔近57年，当我穿过怒江州府六库城，到江西、江东分别采访颐养天年的赵师简夫妇、杨元吉老师，在家里读赵鉴新、李卫才等人撰写的文章，还有志书的相关记载，到图书馆找相关资料。通过这一系列的写前准备工作，怒江州毛泽东思想文艺宣传队的诞生记逐渐在头脑里清晰。怒江州毛泽东思想文艺宣传队后来又被称为怒江州民族文化工作队，这是州歌舞团的前身。为了方便叙事，以下文字里，怒江州毛泽东思想文艺宣传队简称为州文艺宣传队。

当年的州府所在地知子罗被世人称为“记忆之城”，行走于知子罗犹如穿越时光隧道。在时光隧道中，州文艺宣传队犹如沙漏，令人捧读爱情的甜美、友谊的纯善、奉献的幸福。激情燃烧的岁月，州文艺宣传队的背箩抒写了一代文艺工作者的梦想。追忆怒

进京会演合影（前排右一为李卫才，前排左一为亚娜，最后一排右一为亚好）

江往事，不由感叹“似水流年，浮生如梦”。

李卫才是知子罗村怒族人。1952 年 9 月，他成为怒江州保送到丽江中学民族班学生之一，在丽江读书 3 年，于 1955 年 5 月毕业，由学校直接分配。毕业一个月后，他到怒江傈僳族自治区秘书科工作，一年后调入州新华书店工作，后借调到福贡县新华书店协助工作。李卫才是中国音乐家协会会员，一生酷爱民族文艺，搜集整理了大量的民间文艺作品，创作了大量优秀的文艺作品。

杨元吉是剑川白族人，于 1959 年丽江师范毕业后，被分配到福贡县利沙底小学教书，后调到上帕完小教书，当教导主任。他酷爱文艺，出版的盒式磁带和光碟、个人音乐作品较多，还著书

和写理论文章，创作的音乐在怒江大地上广为流传。他是中国音乐家协会会员，现今 80 多岁了，仍笔耕不辍。2019 年，州委宣传部、州文化旅游局等部门举办了杨元吉同志从事怒江民族民间音乐搜集创作 60 周年作品演唱会。

1962 年，福贡县成立毛泽东思想文艺宣传队，李卫才、杨元吉调入文艺宣传队并担任负责人，共有 12 名队员。翌年，怒江州成立毛泽东思想文艺宣传队，杨元吉、李卫才等部分队员调入州文艺宣传队，福贡县撤销文艺宣传队。州文艺宣传队由州委宣传部部长杨建中主管，州委、州政府任命赵鉴新为队长。州文艺宣传队成立了，但招收队员难，碧江中学有一个高中毕业班，州文艺宣传队在这个毕业班里招收了赵师简、汉永生等 5 位同学。赵师简他们向文教科报到后，被分配到州文艺宣传队。

赵师简来自贡山县捧当乡永拉嘎村。永拉嘎村地处怒江东岸，是贡山县水稻主产区之一。永拉嘎村是多民族团结共居地，除傈僳族、怒族这两个主要民族外，还有少部分汉族、藏族、白族等。怒族是一个能歌善舞的民族，赵师简的奶奶和母亲都是民间艺人。二胡是村民的娱乐工具，被藏族人称为毕拥，村民们时常拉着二胡载歌载舞，日子的艰辛被他们的乐观豁达淡化。赵师简受到家庭的熏陶和村民的影响，自幼酷爱二胡，且善于歌舞。他会讲怒族话，也会讲傈僳族话。他报到上班后，成为州文艺宣传队乐队中专职拉二胡的乐手，同时串演多种角色，担任事务长。州里给了特殊指标，把著名的傈僳族民间歌手李四益和肯三益调到州文艺宣传队工作，演唱摆时。赵鉴新不仅是州文艺宣传队的队长，也是李四益的翻译。从中央民族大学傈僳语系毕业的段伶，也被从州民语译制室调入州文艺宣传队，成了州文艺宣传队文字创作的骨干力量。州文艺宣传队组建起来了，共有 18 名队员。协助队长开展工作的队委会成员有 4 人：段伶负责组织工作，杨元吉负责经费及出纳工作，郑杰负责生活，李卫才负责业务。

怒江州于 1954 年建州，辖泸水、碧江、福贡、贡山四个县，因地处中缅边界，又被称为边四县，当时隶属丽江专区。1957 年，兰坪县划归怒江州。怒江交通闭塞，生产落后，使用刀耕火种的原始落后的生产方式，群众生活十分困难，同时还受到外来

化妆

反动势力的干扰，煽动边民外逃。尤其在 1958 年里，怒江州平息茶树民土匪武装窜扰以及“裴阿欠霜耐冬假案”发生，加上边四县进行社会镇反运动，怒江州在执行云南省“民主补课”中又发生严重的乱捕现象，引起广大群众的不满，导致大量的边民外流。1959 年 5 月，怒江州公安局做出了关于“裴阿欠霜耐冬假案”的平反结论。同年 7 月，丽江地委将怒江确定为边疆 7 县中的第一线地区，明确提出不具备办人民公社的条件，因此一律不办人民公社，也不戴公社的帽子。9 月，云南省委重申继续贯彻执行中央关于“慎重稳进”“团结、生产、进步”的方针，停办人民公社，恢复区乡体制，并同中共丽江地委一起派出工作组，帮助纠正“民主补课”、社会镇反和机关肃反发生的严重扩大化问题，使边四县的局势开始稳定。1960 年，中缅签订边界协定，协定中规定“缅甸政府同意将属于中国的片马、古浪、岗房划归还中国”。1961 年 4 月，中缅双方代表在上片马举行片古岗区交接签字仪式，片马、古浪、岗房地区正式回归中国。1962 年，怒江州贯彻执行中央关于“调整、巩固、充实”方针，进一步调整了生产关系，正确对待和处理了民族宗教问题，纠正了 1958 年以来的错误。州边工委抽调干部组织若干生产工作队，驻扎在农村，边做群众的安稳工作，边发动生产。怒江州毛泽东思想文艺宣传队成立，目的就是宣传党的方针政策。结合怒江实际，就如何向怒江人民群众贯彻宣传落实好“团结、生产、进步”这个政策方针，州委、州政府对州文艺宣传队工作的具体要求是：说本地话，唱本地调，为本地的群众服务。这支文艺宣传队伍人少精干，既能唱歌跳舞演戏，又能作词作曲搞创作，一专多能，他们的节目大多为自编自导自演。

1965 年 8 月，州文艺宣传队 18 名队员全部到昆明集体学习乌兰牧骑精神。一个月的学习结束，返回怒江时，州文艺宣传队没回当时的州府所在地知子罗，而是从剑川县城经过甸南到达马登，坐大货车去兰坪县城所在地啦井（1985 年，兰坪县城迁到金顶）。从甸南出发几十千米，到达马登，经过一个林场时，因下大雨，公路坍塌，他们被困了三天。附近没有老百姓，幸好有林场废弃的几间房子。电话打不通，州文艺宣传队派人到马登打电话。救助电话打到兰坪县委。县委副书记杨群带人赶着两辆马车，带着馒头、豆腐这些吃的，来接州文艺宣传队员们。一行人坐着马车，夜里 12 点到达啦井。州文艺宣传队到了啦井后，休整了几天，就铺开了文艺演出工作，整个兰坪县的乡镇要走到。他们从啦井出发，出西关桥到达热水塘，翻越大竹箐山到达石登乡，经过中排乡到维登（1966 年划归维西县管辖），一个大村一个大村演出。在维登演完了，他们过溜索，从澜沧江东岸到西岸，在中排乡的烟川、石登乡的富川一带演出，沿江走到营盘镇金满、大华，再到达兔峨乡最后一个怒族村寨果力村。从果力村返回到腊马登，他们过溜索到澜沧江东岸，顺水而下，走到营盘，再走到啦井、金顶、通甸、河西，才把兰坪县走完了。足足三个多月，州文艺宣传队于 12 月底才回到知子罗。

州文艺宣传队走的是一条“乌兰牧骑”式的路子，每个队员背着背箩，里面有服装道具、乐器等，斜挎被当地人称为“猪大肠”的装粮布口袋，穿着没有帽徽肩章的军装，俨然像一支小小的队伍，长期深入到偏僻、贫困乡村演出，以方便群众、满足群众对民族文化需求为出发点，通过舞台形象，宣传党的路线方针政策。李卫才曾经称过每位文艺宣传队员背箩的重量，大同志背箩重达 45 斤，小同志背箩重达 25 斤至 30 斤，他所背的一箩东西重量 45 斤。

背箩宣传队岁月，指州文艺宣传队从 1963 年成立直至“文化大革命”结束。怒江州第一条公路瓦碧公路通车时间为 1962 年 1 月，直至 1979 年 6 月跃片公路全线竣工，泸水县城通公路，全州虽实现了通县公路，但各县境内乡镇公路建设在不断进行中。背箩宣传队时期，可以说是处在怒江州的公路建设全面启动阶段里，他们的文艺下乡基本上靠两条腿走路。

组建州文艺宣传队，由州委宣传部部长杨建中一手操办，从组建到发展文艺宣传队，他倾注了心血。杨建中是个才华横溢的人，他不仅文采好，还口才好。他做报告不用讲稿，在讲桌上放着一包烟，一个火柴盒。火柴盒上简要地写着讲话提纲。他在讲台上讲国内国际形势，讲两三个小时，没有听众中途退场。炊事员把饭菜做好了，心急火燎地赶过来听杨建中的讲座，唯恐错过。杨建中对文艺宣传队的工作抓得紧，召集大家学习并讨论延安文艺座谈会精神和相关文件，布置州文艺宣传队下乡演出任务较重。他对待工作一丝不苟，率先示范。州文艺宣传队刚建立，杨建中为文艺宣传队演出写了第一个话剧《这是一场革命》，这是有关农田水利建设，改变刀耕火种落后面貌的话剧，有四幕戏。杨建中既是编导，也是主要演员。在这个话剧里，杨建中饰演云南农业大学的杨教授，段琼仙饰演杨教授的女儿，赵师简饰演农大怒江籍学生阿普，是杨教授的学生。阿普毕业后被分配到知子罗工作。杨教授偕同女儿来到怒江调研，到了知子罗，在学生阿普的陪同下深入田间地头调查，对怒江原始落后的生产方式提出中肯的建议。杨教授父女俩参与到怒江改变刀耕火种的原始耕种模式、改造农田、改天换地的大生产运动中，话剧内容大气磅礴。州文艺宣传队长赵鉴新、文学创作员段伶等人参加了演出。当时的州文教科长张建忠也参加了演出。其中有个台词“十多年来……”张

背篓宣传队

建忠念成了“十多——年来——”杨建中纠正说不对，应“十多年来——”无论杨建中怎么纠正，张建忠依然念错，令赵师简他们忍俊不禁。杨建中对张建忠无可奈何，这成了话剧《这是一场革命》排练演出的花絮。

晚上写好第一个话剧内容，第二天早上就发到文艺宣传队员手里，队员们背台词、排练，晚上演出。待到第二天，杨建中写好的第二个话剧《小保管上任》内容又到队员们手里了，文艺宣传队员们当天排练当晚演出。

文艺宣传队走村串寨演出，杨建中跟着同行。州里给他配备了一匹骡子，以便他下乡时骑行。骡子有粮食供应保证，每个月两三百斤蚕豆作为马料。杨建中从不骑马，马匹成了文艺宣传队的驮马，时常驮运东西，哪位队员走不动山路了，就让其骑马。晚上围着火塘交流，他时常让马夫取来蚕豆，对州文艺宣传队员们的奖励就是请大家烧吃蚕豆。“马料”成了文艺宣传队员眼里的香饽饽，谁肚子饿了，就跟杨建中要“马料”，他慷慨给予。杨元吉曾经要过“马料”，他把“马料”丢进火塘里，烧着吃。火塘边烧吃蚕豆，在音乐家杨元吉的文艺生涯中，成了舌尖上的美味记忆。

他们到了某个地方，不用吩咐，男队员砍柴，女队员背水做饭。从事创作的几个人，与找来的村里、乡里的干部在地头、水沟边、草地上等就地开座谈会，了解情况。吃过饭后，演员们忙着化妆，男的简单化妆后忙着去搭舞台，遇到不平整的地方拿锄头挖平整。女的在石头后面或树林里化妆，她们比男的化妆精致一些，时间长一点。文艺宣传队员们在前台演出，杨建中在后台，根据他了解的素材创作。文艺宣传队员们演完了节目，快板也好，相声也好，诗歌或者小品也好，他已写好，把稿子拿给队长赵鉴新或杨元吉他们，说这村子的情况我已写出，明天你们排练一下，争取晚上拿出来上演。文艺宣传队组建初，他们现成排练的节目有限，杨建中随身携带着红圆珠笔和本子，随时创作。他写作基本上是一气呵成，修改时，改动不多几个字。半个世纪后，当我在杨元吉老师家欣赏他保存的杨建中手迹，对这位怒江州文艺前辈的敬佩油然而生。

杨建中关心文艺宣传队员，支持他们，重视他们的成长和进步。“利用一切可能的机会和条件让我习作，让我上京参加会演，让我饱受文化艺术的熏陶。在队里他写的歌剧台本《大雪纷飞的时候》和三场歌剧《楚巴》让我谱写音乐台本，经常肯定和鼓励。这是我在音乐创作的道路上坚持下去的重要原因之一。”李卫才在《我的回忆片段》一文中深情地写道，字里行间充满对杨建中的感激之情。如果把李卫才拟作千里马，那么说，杨建中就是伯乐。由此可以管中窥豹杨建中对文艺人才的重视和培养。

1964 年“四清”运动期间，有次下乡贡山前，赵师简到碧江县民贸公司门市部，想买一床棉毯。门市部里正卖着阿尔巴尼亚毛毯，轻便且保暖，15 元一床。赵师简的工资只有 35 元，他无意买阿尔巴尼亚毛毯。他正在买棉毯，一位同事的父亲也来门市部买东西，建议赵师简买棉毯不如买阿尔巴尼亚毛毯，毛毯虽然比棉毯贵一些，但保暖。赵师简接受建议，买了一床阿尔巴尼毛毯。赵师简的背包由一床油布和一床裹布、一床阿尔巴尼亚毛毯组成。他们到贡山后，睡在怒族人家火塘边，赵师简打开背包，把油布铺在地板上，再把裹布铺在油布上，因毛毯比较宽，他把毛毯一半铺在裹布上成了垫单，一半盖在身上。毛毯暖和，他暗自庆幸听从同事父亲建议。

赵师简和杨建中的铺位紧挨在一起，两人头对头睡在火塘边。当夜，杨建中拿给赵师简一个快板剧本，这是反映一个小队里地富分子妄想复辟的话剧，演出时间 15 分钟。杨建中要赵师简把剧本翻译成傈僳文，并担任主角，第二天在喇嘛寺演出。赵师简顾不得劳累休息，紧急进入工作状态，一边翻译一边背剧本台词。大伙都入睡了，他还在背台词。背着背着，他不知不觉睡着了。半夜，杨建中醒来，发现赵师简在睡梦中背台词，很是感动。第二天演出时，赵师简已经把 95% 的台词记住了，演出获得成功。杨建中与赵师简在火塘边头对头地睡了一个月，杨建中欣赏赵师简认真对待工作的态度，对州文艺宣传队队长赵鉴新下命令地说道，赵师简是个好同志，到碧江后让他入团。结束贡山演出任务回到知子罗，赵师简加入了共青团。

赵师简是州文艺宣传队的事务长，时常到商业局采购粮食，安排州文艺宣传队的伙食。有一次，他们下乡，到大南茂山上演出，赵师简跑遍了周围村寨，只买到了一个老南瓜。18 个人的伙食，就一个老南瓜，如何吃得够啊！他往锅里放了一点香油，放了一些水，把老南瓜削皮，剁成块后放入水里煮。他对着锅里的南瓜发愁，想到下饭，灵机一动，往南瓜汤里放了一大勺盐巴。南瓜汤咸得让亚好等几个小队员皱眉，但大家都没说什么，还是照样吃得香，连一点瓜汤也不剩。

他们下乡到匹河乡上棉谷、架究村，买不到菜。没有吃的，赵师简带着队友到田间地头转悠，想找到野菜。苞谷地里找不到一棵野菜，但长着许多咕噜蒜，他们拔了一些，煮了一锅当作下饭菜。第二天早上，大伙的眼睛都变成枇杷眼了，这才知道咕噜蒜虽然好吃，但吃多了会刺激眼睛。州文艺宣传队员你看看我，我看看你，互相打趣。

州文艺宣传队下乡演出任务重，要求每年演出多少场有硬性任务，加之路上行走时间，一年中能够在家休息的时间屈指可数。州文艺宣传队长年累月在乡下打仗似的急行军演出，换洗衣服等条件有限。当时乡村贫困落后且卫生条件差，肥皂香皂洗衣粉之类洗涤用品，对村民来说是奢侈品，人们洗衣服时，把衣服浸泡在灶灰水中，用灶灰充当洗涤剂。缺少条件的乡村，被褥上、衣服上、头发上生虱子，这是普遍现象，对于那个年代的人来说，在衣服上抓虱子不存在难为情。州文艺宣传队中出现了这样有趣的现象，演出后休息时间，他们拿着衣服，在汽灯上烤死虱子，或在火塘边抓虱子，随手丢入火塘里烧死虱子。

已是深秋，州文艺宣传队向怒江之北进发，到贡山县进行社会主义农村教育演出，杨建中与文艺宣传队同行，他们要在乡村演出三个月。深秋的怒江水碧绿，江两岸的景色绿中泛黄。从一个村寨到另一个村寨，炊烟召唤着他们前行的脚步。上山下乡宣传党的方针政策，怒江两岸的山再高阻拦不了他们，怒江的水再险吓不住他们，溜索上有他们的歌声，山涧里有他们的笑声，夜色中有他们的琴声，农户家的田地里有他们帮忙劳动的汗水，庭院洒扫中有他们忙碌的身影。

他们在贡山县丙中洛二社演出时，驻扎在一位五保户家里。文艺宣传队员们自己做饭，砍柴背水，还请五保户与他们一起吃饭。杨建中与文艺宣传队员同甘共苦两个月了。队员们穿的衣服生虱子了，杨建中穿着一件蓝色毛呢大衣，同样不能幸免。于是，火塘边上演捉虱子的大戏，他们捉到一个虱子就丢进火塘里，“叭叭”，火塘爆响着令人解气的声音。

有一天，他们到丙中洛演出。杨建中幽默风趣地说道，今天，我们来捉虱子，你们身上有虱子的全部贡献出来。文艺宣传队员们烧起一堆火，集体捉虱子，捉着一个丢进火塘一个。捉了一会，杨建中对坐在身边的杨元吉说，这样做不行，虱子蛋还会再生。杨元吉报以一个无奈的笑容。衣缝里虱子蛋多，消灭不完，即便清理干净了又会长出来，虱子照样有。烧开滚烫的水熨衣服，穿不了几天，虱子蛋和虱子又有了。无法彻底消灭干净虱子，何况他们没有大把的时间花在烧水熨衣服、暴晒衣服上。

半夜，丙中洛下起了漫天大雪。火塘里的柴发出微光，火炭红红，屋子里温暖。雪落在大地上，落在木板上。风牵着雪粒敲打篱笆墙，拍打木门。连日行走和演出，州文艺宣传队员们疲累，他们沉浸在梦乡里，全然不知屋外雪花飞舞。雪落无声，丙中洛在雪花亲吻中静悄悄，火塘边的梦呓温馨。

晨起，州文艺宣传队员们被眼前的景象惊住了，大地一片白茫茫，丙中洛盖上了一床厚实的被子，左邻右舍的房子埋在雪里，仅露出一点门扉，就像雪堆里露出眼睛，冬天就这样毫无征兆地降临丙中洛。杨建中拿了一把锄头，走到雪地里挖了一个坑，把毛呢大衣埋在雪坑里。埋好衣服，他拄着锄把，对着白雪大地朗声吟诵毛泽东主席的诗词《七律·冬云》：“雪压冬云白絮飞，万花纷谢一时稀。高天滚滚寒流急，大地微微暖气吹。独有英雄驱虎豹，更无豪杰怕熊罴。梅花欢喜漫天雪，冻死苍蝇未足奇。”他风趣地说，毛主席说冻死苍蝇未足奇，我今天不是冻死苍蝇，而是冻死虱子，是冻死虱子未足奇。

作为州文艺宣传队乐队骨干成员，赵师简有两件法宝，一件法宝是二胡，另一件法宝是推剪。每到一地，除演出外，他时常拿着推剪为当地群众理发。不仅老百姓喜欢赵师简理发，文艺宣传队员们也喜欢找他理发，队友们不爱上理发店，杨建中也是如此。每次来找赵师简理发，杨建中都要给赵师简带一包中华牌香烟，这让年轻的赵师简很是嘚瑟。每当赵师简得到一包中华牌香烟时，那些抽烟的队友也跟着分享这包香烟，美美地品咂上一支烟。

往事如烟，文艺前辈们的形象，从时光深处向我走来。

二、激情燃烧的背箩岁月

州文艺宣传队所到之处，受到老百姓欢迎。这支背着背箩走村串寨进行文艺宣传演出的特殊队伍，被称为“乌兰牧骑式的文艺宣传队”“背箩宣传队”“边疆文艺轻骑”“怒江轻骑”，《人民日报》《光明日报》《科技日报》《人民政协报》《云南日报》等，中央电视台、中国教育电视台、美国环球新闻、英国空中新闻、中央人民广播电台、中国国际广播电台等，中外一百多个媒体报道了怒江州文艺宣传队的先进事迹。州文艺宣传队多次受到表彰。

“艰辛”，这是背箩宣传队刻写在怒江大地上的足迹；“坚毅”，这是背箩宣传队烙印在怒江大地上的情怀。文艺前辈们的记忆片段，组合成了那一段激情燃烧的岁月印象。民族文化宣传，群众迫切需求，州文艺宣传队所到之处，受到各族人民热烈欢迎。承载乡愁情结的背箩，不仅是文艺宣传队员下乡背东西的工具，也是他们下乡演出时坐的凳子。当我在赖茂河畔赵师简老师家听他拉二胡时，眼前浮现他们当年背着背箩下乡演出的情景，在乡村简陋的舞台侧面，他把背箩反过来扣在地面，坐在背箩上安然地拉响二胡。

有一回，他们到兰坪县营盘区黄柏公社科登涧生产队演出，第二天要到箐门，行程有三四十千米。科登涧生产队周边有个寨子，得知州文艺宣传队要走，第二天早上，这个寨子里有十多位老人站在路边，早早地守候州文艺宣传队的到来。澜沧江峡谷涌动晨雾，江风从谷底漫上来，有点凉。在老人们热切的目光中，州文艺宣传

演出间隙加强学习

队员们背着背箩走来了。老人们拦住了州文艺宣传队员们的去路，诚恳地说，昨晚你们在科登涧村演出，今天你们不想在我们村演出就想跑到前面去，这怎么行！今天晚上，无论如何也要在我们村演出一场。我们这些人也是七老八十的人了，今年看你们演出，明年不一定看到了……难以拒绝老人们的期望，州文艺宣传队临时决定到这个寨子里演出。文艺宣传队的到来，使得村里就像过年般热闹了起来。虽然日子困难，但乡亲们以他们最大的能力去招待客人。他们拿出自己最好的东西招待文艺宣传队员们。村民们质朴，家里藏着一点肉，平时舍不得吃，他们拿来了，菜地里有啥好菜也拔来了。就这样。东家凑一点东西，西家凑一点东西，村里办起了丰盛的饭菜，盛情款待文艺宣传队员们，以示村里人对文艺宣传队到来的欢迎。

汽灯是州文艺宣传队的重要演出工具，一盏汽灯相当于1000瓦灯泡的亮度。起初，州文艺宣传队只有两盏汽灯，从这个村到那个村，由杨元吉和李四益扛着，以免汽灯的纱罩掉落。有次，文艺宣传队在兰坪县中排乡演出，队员们忙着搭舞台，杨元吉和李四益忙着检修汽灯。李四益是杨元吉带的徒弟，一边检修汽灯一边问，师傅，这样做嘎，师傅，那样做可以嘎。处在讲阶级斗争的年代里，人们警惕性高，政策观念强。杨元吉、李四益的行为引起了派出所的注意，派出所的人上前盘问。双方间展开了有趣的对话：

你们从哪里来的？

我们从石登来的。

搞什么？

修汽灯。

你们的营业执照呢？

我们没营业执照。

你们没营业执照如何跑到这地方来？

我们就是要跑到这地方来。

收起。

同志，我们收起么，舞台白搭了，演出不成了。我们是州文艺宣传队的，来这里演出。这两盏汽灯今晚演出用，我们检修一下。

啊！对不起，我们不清楚。

没关系。正因为你们不清楚，才排查的。

区改为公社后，州文艺宣传队的汽灯增至4个，他们在其他乡镇演出期间，赵师简和李四益在检修汽灯时，也遭遇过当地派出所的“排查”。

在泸水古登俄夺罗村演出，生活困难，州文艺宣传队没能吃上肉。文艺宣传队员们演出辛苦，乡亲们看在眼里，疼在心上。村里买了一只羊，送给州文艺宣传队打牙祭。文艺宣传队婉言谢绝。乡亲们硬是要把羊子留给文艺宣传队，热心地说，你们不会杀羊子，我们来弄。盛情难却，州文艺宣传队留下了羊子，把羊子钱付给了乡亲们。

俄夺罗村处在半山腰，用水比较难，村民们要到山箐里背水。杀好羊子后，四个队员抬着羊子拿着盆到山箐洗羊子，其中有州文教局副局长赵秉良，他兼任文艺宣传队的队长。几个人洗好羊子后，抬着东西爬坡望村而行，其中有个人身子摇晃了一下，羊头从盆子里掉了出来，滚到山箐里去了。羊头烧黄了，洗得干干净净，剁开后煮上一锅，这是一道美味的肉菜。日子缺油水，丢失一个羊头意味着文艺宣传队员们少吃一顿肉。几个人互相埋怨着，又下到山箐里找羊头，找了半天，硬把羊头找了回来。

片马是怒江州唯一的省级口岸，驻守着边防部队。州文艺宣传队时常到片马慰问演出。每次去片马演出，州文艺宣传队请当地两三个民工帮忙背汽灯、较大的道具和服装。民工们有时说什么也不要工钱，只希望能够多看一场文艺宣传队的演出。今晚在这个村寨演出，明天到另一个村寨演出，这个村寨负责把文艺宣传队送到另一个村寨。“明天几点钟来背东西，背到前面那个村子嘎？”演出结束，所处村寨的小组长就会主动来问文艺宣传队。村子里派出的民工背着东西，到目的地后，无论多早也不愿当天返回村里，说要陪文艺宣传队看完演出，第二天早上再回去。演出结束后，有的民工兴犹未尽，想继续看文艺宣传队演出，主动提出，第二天继续背东西陪文艺宣传队到另一个村演出。

有一次，州文艺宣传队到片马慰问演出，州委宣传部部长杨建中同行。他们背着背箩走到片马垭口，离边防检查站还有 200 米左右，大伙正在翻越雪山，其中有个小姑娘叫茶琳，她因高山反应呕吐，突然晕倒了。大伙吓坏了。杨建中脸色铁青，他有经验，要尽快把茶琳背下山，离开高海拔地区才脱离危险。杨建中派了六七个身强力壮的小伙子火速护送茶琳离开垭口。一行人抄近路，轮换着背茶琳，快速地把茶琳背到古炭河村。古炭河村驻扎部队，还有个卫生所。卫生所的医生紧急抢救茶琳。茶琳休息了一会，苏醒了过来。茶琳脱离了危险，小伙子们安顿好她后，又往片马风雪垭口走去，追赶伙伴们去了，当晚的演出任务等着他们。

有一年，州文艺宣传队到片马演出。晚上演出时，星光灿烂。第二天早上他们要离开片马，到另一处演出。谁知他们一觉醒来，漫山遍野都是雪，鹅毛大雪下得正欢。下雪了，片马下大雪了！大雪封山，州文艺宣传队被困在片马。州文艺宣传队加上粮管所的共有三四十个人，他们被困片马十多天后，粮食吃完了，粮管

所只有一些黄豆。他们把黄豆泡在水里，泡软后在小石磨上推碎，连渣带汁煮成一锅黄豆稀饭，一个人喝一碗。

当时，正在修一条怒江与缅甸间的人马驿道，怒江这条的修路队没有啥机械设备。负责修缅甸这条路的人曾是云南知青，大家叫他杨政委，他有一台推土机。州文艺宣传队被困片马18天后，杨政委同情地说，要等雪融化雪开山，还要有个把月哩，你们再继续待在片马，生活难办。他把推土机开了过来。推土机开路推雪，文艺宣传队员们走在后面，冒雪走出了片马。

对于亚好来说，最难忘的是第一次进独龙江演出。1965 年，15 岁的亚好参加州文艺宣传队后，随队到独龙江演出。当时从贡山县城进独龙江没有人马驿道，只有步道。虽说到独龙江有步道，实际上没有路。过了普拉河桥，雨水中的路是稀泥巴路，一脚踩空，烂泥巴淹没到腿肚子。除路糟糕外，毒蚊子多，蚂蟥也多。爬山时，眼前没有了路，只有比人高的草。他们一人拿一根棍子，向导在前面砍草砍树，他们用棍子往两边往后面打草，免得被蚂蟥、毒蛇叮咬。第一天的路程还算较好，住在其期，有简易房可以避风寒。亚好和伙伴们听到了高黎贡山上老虎的叫声。第二天的路程，他们所走的路比第一天还要糟糕，不亚于红军长征过草地时的情景。夜宿高黎贡山，雪山顶上没有房子，他们瑟缩在大石头后面过夜。当时，高黎贡山上还没有建盖中哨房。第三天，他们开始翻山到独龙江。他们下乡独龙江，演出服多，背箩里，自己要穿的衣服无法多背，背不动，他们只背了两件衣服，两双鞋，一双鞋是舞台演出鞋，一双鞋是胶鞋，徒步路上穿。冒雨到独龙江，他们的胶鞋湿透了，光脚板在火塘边烤鞋子。等他们在独龙江演出结束，返回贡山，他们进独龙江时用砍刀砍出来的路，又长满了比人高的草，没路了。砍草砍路，文艺宣传队队员们砍着砍着，不由流眼泪了。

⬆独龙江驿道上的马帮

⬅大雪封山的独龙江公路

“文化大革命”期间，州文艺宣传队创作的优秀歌曲《歌声飞出心窝窝》《欢乐的笛哩吐》等，至今仍在怒江大地上传唱。

1974 年 2 月，州文艺宣传队改建为“怒江傈僳族自治州民族歌舞团”（以下简称“歌舞团”）。1976 年，州歌舞团重新传承“背箩宣传队”精神，由队长赵秉良带队，再次走遍怒江山山水水，送文艺下乡。一路上，他们受到了老百姓的欢迎。老百姓依然亲切地把他们称为州文艺宣传队。

接受采访（右一为赵师简）

州歌舞团的首站是贡山县捧当乡迪麻洛村。当时，去迪麻洛村，怒江上没捧当桥，他们坐猪槽船从江东岸到西岸，背着东西向迪麻洛村走去。他们在迪麻洛与老百姓同吃同住同劳动，晚上演出，老百姓跟演员们跳锅庄同乐。有一次，文艺宣传队队员们演出结束后，小队里给他们做了夜餐，他们围坐在火塘边吃夜餐，有说有笑。房间里火塘温暖，房屋外夜色朦胧，昆虫吟咏。有个队员吃完夜宵后，开门走了出去。想不到门外站着一位怒族姑娘，穿着大襟衣，把鸡放在怀里，露出鸡头。看到文艺宣传队队员出来了，她蓦地从大襟衣里掏出鸡，放入他怀里，转身跑远了。他抱着鸡，望着跑远的身影愣住了，一时反应不过来这是咋回事。

中意两国两位指挥合影（左为赵师简）

在迪麻洛半个月后，州歌舞团的背箩宣传队从迪麻洛出发，翻越阿努腊卡山；从茶腊溯流而上，沿着怒江向北走，到达桃花岛；由溜索过怒江，从江西岸到江东岸，从丙中洛走到现今雾里桥位置，再次溜索过江；从江东到江西，走小路到达秋那桶老大队所在地尼当打村，他们走了5天。怒江大峡谷的秋天，处处荡漾着秋庄稼成熟的醉人气息，山的色泽丰富，怒江水也放缓了奔跑的脚步。秋那桶村老百姓欢迎背箩宣传队的到来，安排他们住在大队里。赵师简被安排在第一生产队。他们吃住在那里，自己做饭。州歌舞团的人来前，秋那桶村派了两个人，爬上高高的核桃树打核桃，熬核桃油。村里人做油炸粑粑，还准备了炒面，放在大队保管室。村主任交代保管员，每天早上给歌舞团的人准备早点，打一次酥油茶，吃炒面和粑粑。这是背箩宣传队下乡演出生涯中生活最好的一次待遇了。白天，他们帮合作社干活，村民们做什么活，州歌舞团的人就做什么活，与村民们掰苞谷、背苞谷、撕苞谷，晚上，有时举办篝火晚会，集体联欢。

给群众理发

半个月后，州歌舞团的人准备要离开秋那桶。秋那桶最边远的一个小村寨，处在中缅边界线上，只有十多户人家，这个小村寨的三个村民突然来到大队。大队有擀面机，两人背了一箩面来擀面条，另一人背了一箩菜。三个人擀好了面条后，两个人抬着一簸箕面条，一人背着菜走进文艺宣传队的厨房，他们没跟在火塘边忙着做饭的赵师简打招呼，两人把面条放在屋子一角，背着菜的人把菜箩放在火塘边。三个村民坐在凳子上，其中年纪较大的村民从麻布挎包里拿出烟锅，就着裤腰上挂着的草烟袋挖了一锅烟，拿起火塘边搁着的竹筷子，捡了一粒火炭放在烟锅上，“叭叭”地紧抽了几口后，弹掉火炭，悠然自得地抽了起来。另两个村民坐在一边，不吭声。赵师简做好了饭菜，招呼伙伴们正要开饭，抽旱烟的村民慢吞吞地说道，我们没啥东西给你们，这点青菜你们煮菜汤吃，这点面条你们煮着吃。州歌舞团的人在村里借了秤，想称一下面条、青菜多少斤，好给老乡付钱。奇怪的事，称东西的人一提菜篮子，沉甸甸的，一只手提不动，心想，青菜装得再多也不至于这么重。他赶紧扒开青菜一看，里面是一头小猪肉。州歌舞团要把相应的价钱付给老乡，好说歹说，三个村民坚决不接受。怒族人善良淳朴，他们有个风俗习惯，我有心给你东西，你拿钱给我，等于羞辱我，看不起我，你不接受我送的东西，我会生气。三位怒族老乡说什么也不要州歌舞团付资，文艺宣传队队员们也不好拒绝老乡们送的东西，怕怒族老乡误会，以为州文艺宣传队看不起他们。东西摆在那儿，这些在舞台上生龙活虎的文艺工作者没辙了，吃也不是，不吃也不是。猪肉已放上一两天了，再放下去会臭的，于是州文艺宣传队改善伙食了。

怒族人热情好客，且有个性。当家里没啥东西可招待客人时，怒族乡亲不会喊你去他家玩，但你去他家的话也会受到欢迎。有时，你到他家门槛了，但他家没东西招待你，他害羞地把门关上，你只管推门进去，他对你的欢迎，哪怕房梁上有个鸟蛋，他也会爬到房梁上，取了鸟蛋，煎给你吃。怒族人家平常不邀请客人去家里玩，若邀请你去他家里玩，说“我家里煮了一锅稀饭，晚上你来里家里闲，吃稀饭”，你应邀而去做客，以为吃苞谷糁稀饭，但当你到他家时，才知他所说的一锅稀饭是一锅肉，他家杀鸡煮肉等着客人到来了。

在秋那桶半个月后，州文艺宣传队队员准备离开，尼当打村民说啥也不同意他们离开，有的村民哭着拉住宣传队员的手不放。村民们从牧场拉来了一只大绵羊，杀绵羊以示真诚挽留。文艺宣传队支付羊钱，村民坚决不收。村民们的盛情难却，文艺宣传队只好留下来，多住了几天。文艺宣传队临走前夜，村里燃起篝火，文艺宣传队队员们在熊熊篝火及汽灯光中演出告别节目。全村男女老少都来观看演出，家家户户带着自酿的杵酒来跟文艺宣传队联欢。人们弹起了自制的二胡，跳起了欢快的舞蹈，喝着同心酒，通宵狂欢，直到翌日天大亮才散伙。

州文艺宣传队员们背着背箩上路了。他们走到村口，但见村民们站在路两边，夹道欢送文艺宣传队。村民有的拿着煮熟的鸡蛋，有的拿着炒面，塞给文艺宣传队队员，文艺宣传队队员回赠黄色军帽、梳子、镜子等。朝夕相处半个多月了，州文艺宣传队队员与村民同劳动，与村民们感情日深，大家依依难舍。村里一位小姑娘拉着亚好的手哭成了泪人。亚好把化妆用的镜子送给她做纪念，帮她擦眼泪，自己早已泪流满面了。

文艺下乡，州文艺宣传队与当地老百姓鱼水情深，于时光深处，动人故事留驻一代人记忆里。

三、歌声飞出心窝窝

金色的短笛金色的歌
歌声飞出心窝窝
丰收的粮食堆满仓
怒家的牛羊哟盖满了山坡
哎——
红太阳的光辉照边疆
怒族人民歌唱幸福歌

奔腾的怒江激情的歌
山歌声声震山河
站在高山望北京
怒家的儿女哟生活多红火
哎——
党的路线指方向
怒家儿女齐唱团结歌

吹起了短笛唱起了歌
千歌万曲流成河
兄弟姐妹心连心

团结携手哟建设祖国
哎——
怒族人民跟党走
怒家儿女齐唱同心歌

《歌声飞出心窝窝》这首歌在怒江大地上脍炙人口，深受各族人民喜爱。怒江著名的歌唱家茸芭莘那在CCTV3综艺节目上唱响了《歌声飞出心窝窝》，怒族人民易地扶贫搬迁到安置点后唱响了《歌声飞出心窝窝》。《歌声飞出心窝窝》由段伶作词，李卫才作曲。赵师简时常拉响二胡倾情演奏这首歌，亚好合着旋律深情地唱着这首歌。赵师简和亚好喜欢这首歌，拉二胡的百拉不厌，唱歌的百唱不厌。这首歌诞生至今，他们唱了半个世纪多的时光。这首歌唱出了怒江人的心声，也唱出了这对怒族夫妇的心声。

1962年1月，起于保山市瓦窑，经大理州云龙县漕涧，越分水岭进入怒江境内，从六库直达当时州府所在地知子罗的瓦碧公路竣工通车。1970年开始，由原碧江县的匹河经福贡县直通贡山县城的"156工程"开始建设，这是瓦碧公路延伸线，于1976年顺利完成。从六库到贡山县城的公路开通。

"156工程"没建设以前，福贡与贡山间的人马驿道只有马吉到腊咱底有马帮路，别的都是羊肠小路。赵师简于1957年考取碧江中学，他从捧当乡永拉嘎村出发，顺水而下，沿着怒江边走，山路弯弯难行。经过腊咱村，走到普洛河边，顺河而上，爬山直

下乡演出途中

达山顶玉垭口，这一爬山过程，山路呈直梯形。翻过垭口，山路呈螺旋形下山到达布腊村。腊咱村与布腊村直线距离只有 1 公里，但两地间绕山绕水地走上一天。次年，福贡与贡山间挖通了马帮路，但这条马帮路没有真正意义上通达。从福贡往贡山方向而行的马帮路在矮处，从贡山往福贡而行的马帮路在高处，两个县的马帮路无法合拢。在本该交会处，从两个县而来的马帮路上下相距 20 米，搭有竹梯。人们走马帮路，无论从贡山去福贡，或是从福贡去贡山，都要爬竹梯。这个连接两个县马帮路的竹梯，曾发生过有人爬竹梯时失足，掉落悬崖而亡的事情。竹梯旁边有石台，还有棵树，赵师简往返永拉嘎和知子罗，上下竹梯，需在此过夜。赵师简背着自家织的拥独毯，石台当床，树当屋，把拥独毯一半垫在身下，一半盖在身上，枕着夜风入眠，在野兽嗥鸣里醒来。

在碧江中学完成初中高中学历，6 年求学生涯，赵师简只穿过两双半筒胶鞋，其中有一双是别人给的旧鞋。他只在上操以及回家时穿一下鞋，平时舍不得穿，光脚板上课。他最好的衣服是用布票买的白布做的一件衬衣，用直过林布缝的中山装，士林布裤子。碧江中学处在一个高高的山坡上，山坡荒芜，没有一棵树。打从进校起，赵师简的记忆里印象较深的是植树，一个班又一个班去栽树。植树时，每人一小袋种子。其中，松子味道香，学生们边栽种边偷吃种子。为了防止有人边栽树边偷吃松子，植树时，发放到学生手里的一袋松子，拌有六六粉，以防止人偷吃。通过一届又一届碧江中学师生的植树造林，碧江中学所处的山坡现今成了林海。

在碧江中学艰苦的求学生涯，对于贡山人来说，最苦苦不过行路难。赵师简唯一值钱的东西就是一床拥独毯，这是阿妈为他出门求学织的毯子。往返家与学校间，只有夏天不用背着拥独毯，春秋冬三季里，行走在路上，他都背着拥独毯。一床拥独毯，既是垫单，也是被子。与他同时考到碧江中学读书的贡山人共有 45 人，坚持到最后完成学业的只有 15 人。有好几次，赵师简也因求学路太艰辛而打退堂鼓，他差点放弃学业了，最终还是咬牙坚持了下来。

作为州文艺宣传队中的一名骨干分子，赵师简除拉二胡外，还参加话剧、小品、相声、歌舞、快板等演出，无所不能。他自学音乐理论知识，尝试创作音乐作品。他改编的第一首怒族民间儿歌《哄娃娃调》和藏族歌舞《剪羊毛》曾在昆明参加演出，颇受音乐专业人士的好评，受到观众的称赞。

1966年，“文化大革命”开始。学习毛主席著作，以及斗资批修，揭发走资派等，州文艺宣传队不可幸免。“文化大革命”爆发后的第二年，州文艺宣传队演出《收租院》等节目，次年下乡演出。1969年，段伶作词《歌声飞出心窝窝》《欢乐的笛哩图》，分别由李卫才、杨元吉谱曲。在随后的全国征歌比赛中，怒江州积极参赛，《歌声飞出心窝窝》《欢乐的笛哩图》《太阳照到独龙江》三首歌曲在云南赛区入选，并在云南广播电视台播出。此次征歌比赛，云南赛区出现了一些比较著名的歌曲，除怒江州的这三首歌外，还有德宏州的《有个美丽的地方》、保山市的《富饶美丽的潞江坝》、大理州的《苍山歌声永不落》等歌曲。

李卫才和赵师简私交甚笃。李卫才跟赵师简说起了作曲《歌声飞出心窝窝》的经过。李卫才的灵感来自匹河乡普洛村的民间小曲调，是小孩子放牧时吹奏的短笛调子，很简单的两句音乐节拍，《歌声飞出心窝窝》就是在这个民间音乐的基础上作曲的。赵师简是乐队中二胡独奏者，州文艺宣传队要上演任何一曲新歌，首先要经过赵师简的二胡独奏定调，《歌声飞出心窝窝》也是如此。

起初，《歌声飞出心窝窝》是四二拍子，赵师简觉得可以演奏，但他拉着二胡演奏这首歌，拉着拉着，感到四三拍子比四二拍子舒服，比较顺畅，建议李卫才改成四三拍子。

向钧治是云南艺术学院作曲系本科毕业生，分配到怒江州文艺宣传队。他觉得《歌声飞出心窝窝》这首歌曲好听，有民族风格。他学过大提琴，参加文艺宣传队乐队，演奏了几天后，与赵师简同感，也建议李卫才把《歌声飞出心窝窝》四二拍子改成四三拍子。乐队集体建议李卫才修改。作为作曲系毕业生，向钧治在技术技巧上做了一点调整，但改动不大。《歌声飞出心窝窝》是李卫才在怒族小调的基础上作曲的，他接受了乐队建议，把四二拍子改为四三拍子。李卫才把四二拍子改成四三拍子后，《歌声飞出心窝窝》的旋律更欢快了。怒江州民族文化工作团建团五十年纪念画册《岁月如歌》收入了杨元吉写的《永不磨灭的记忆》一文，其中配图杨元吉、李卫才、向均治的合影，两位怒江州民族文化工作团创始人与当年的同事向钧治畅叙时，提及旧事时，不知道生发如何的感慨。

“文化大革命”时期，州文艺宣传队成员的创作作品，无论是词和曲，不管何人所写，都不落个人名字，写上集体创作。《歌声飞出心窝窝》落名怒江州毛泽东思想文艺宣传队集体创作，提交到《战地新歌》歌曲集出版时，落名怒江州宣传队词曲，集体改词。“文化大革命”期间，李卫才受到冲击，更不用说在《歌声飞出心窝窝》这首歌作曲者落自己名字了。

半个世纪多的时光过去了，我到老姆登、知子罗、普洛、托坪、架究、棉谷等怒族聚居地行走，民间艺人提起李卫才及《歌声飞出心窝窝》；我到易地扶贫搬迁安置点里的怒族人家做客，听他们唱《歌声飞出心窝窝》；我在六库城听耄耋之年的杨元吉、赵师简两位老师讲述《歌声飞出心窝窝》。当我再次读李卫才的文章《我的回忆片段》，心海涌流感动的浪潮：

文艺伉俪赵师简与亚好

《歌声飞出心窝窝》，是我多年积累的素材，用“达比亚”曲调和“吹鸟”调作为基调进行大胆的尝试，既保留了怒族音乐风格，又有了新的突破。

1969年10月，我谱曲了段伶老师的佳作（词）《歌声飞出心窝窝》和赵鉴新老师的佳作（词）《怒江在欢唱》，后由中央人民广播电台制作了唱片发行，在全国范围内播出，唱响祖国的大江南北，脍炙人口，广为传唱。《歌声飞出心窝窝》被评为精品。2002年我写了《请进怒江木楼来》（词曲），受到广大人民群众的厚爱；2003年由云南民族出版社出版了《歌声飞出心窝窝——李卫才歌曲选》56首。

文艺伉俪赵师简、亚好，这对怒族夫妇见证了怒江州歌舞团的发展史。若要问这对元老级文艺工作者在文艺宣传队里的爱情故事，何时开始相爱的，他们回答不了，但对《歌声飞出心窝窝》的喜爱，这对怒族夫妇会毫不犹豫地告诉你，这首歌道出了他们的心声，感恩共产党，没有共产党就没有新中国，就没有怒江的今天，更没有他们现今安享晚年的幸福生活。

州文艺宣传队的宣传形式除文艺演出外，还有幻灯放映、图片展览、送医送药、理发等。每到一处，赵师简除二胡独奏外，还为驻军战士和老百姓理发。他每理完一个人的头发，亚好及别的女演员就会打来一盆水，给理好头发的人洗头。怒江州是多民族和谐共居地，州文艺宣传队的队员来自全州不同民族，大家相聚在一起共事，互相帮助，情同手足。在相濡以沫中，赵师简和亚好从亲如一家人般的兄妹情谊升华成了爱情，这份情感是何时拥有的，他们实在说不出具体的年份，对于他们而言，不知不觉相爱，这是水到渠成的事情。他们于1972年底结婚。

因州文艺宣传队人少，每个人的节目比较多，作为台柱子的亚好更不例外，她的节目从头到尾都有，几乎涵盖了整场演出，有唱歌的节目，也有跳舞的节目。婚后第一年，赵师简和亚好夫妇随队到鲁掌、片马等地演出。文艺宣传队坐大货车到鲁掌，他们站在大货车上，手拉着铁栏杆，一摇一晃地颠簸到鲁掌。演出结束后，怀有身孕的亚好高烧且流产，只好留在鲁掌休养。赵师简顾不得招呼妻子，随队到片马慰问演出。州文艺宣传队到片马、古浪、岗房、坡西演出后，返回片马再次演出，又到风雪垭口、姚家坪、古炭河演出，一个多星期后才回到鲁掌，见到妻子亚好，赵师简内心充满愧疚。

二胡声声，亚好轻声哼唱着《歌声飞出心窝窝》。她感到遗憾，自从改唱样板戏后，她再也唱不出民歌的天籁之音。样板戏唱多了，她的嗓音变了，再也唱不好民歌的原生态意味。当年学样板戏，省里要求边疆 8 个少数民族自治州的文艺宣传队都要参加，怒江州文艺宣传队成员全部到省里培训学习。他们在省民族学院培训两个月，学习了《红灯记》《沙家浜》《智取威虎山》等样板戏节目，赵师简学拉京胡，学唱刁德一这个角色的台词。学习样板戏节目后，州文艺宣传队演出时，他们更加紧张忙碌了起来，亚好担任多种角色，她饰演小常宝、李奶奶、阿庆嫂。演出期间，他们连喝口水的时间也没有。轮到赵师简演唱刁德一的角色时，他把二胡放下，穿上演出服走到舞台上演唱，唱完了赶紧去拿起二胡继续余下节目的二胡独奏。

1976 年，赵师简创作了一首傈僳族风格的器乐合奏曲《怒目瓜盛开大寨花》，由歌舞团民乐队演奏，云南人民广播电台录制。曲目录制好后，云南人民广播电台多次播放。次年，香港导演张增拍摄大型宽银幕彩色纪录片《云南风情录》，采用了赵师简创作的器乐合奏曲《怒目瓜盛开大寨花》。

1975 年至 1983 年，赵师简担任州歌舞团乐队队长兼指挥。1980 年 9 月，他到北京参加全国少数民族农民文艺会演，次月被抽调到全国民歌集成云南卷怒江州集成办担任独龙族、怒族民歌收集整理工作，经过 3 年多艰苦奋斗，终于从收集到的 200 多首民歌中精选整理完成 120 多首独龙族、怒族民歌和 10 首白族支系勒墨人民歌。与此同时，赵师简与省文化厅音乐工作室的吴学源合作，为《中国大百科全书》撰写了独龙族、怒族音乐条目。赵师简撰写了《独龙族音乐浅述》《怒族音乐浅述》，发表在云南民族音乐专刊上。

1984 年，怒江州文联成立，赵师简是州音乐、舞蹈工作者协会理事长，沙四益、李卫才是副理事长，三位怒族文艺工作者成了协会领导班子成员。这一年里，赵师简调到州文化馆工作，编写了小舞剧、小歌舞、快板、小品等节目，在州内演出，大都被评为一等奖，有的到省里演出，皆得奖。

1996 年 6 月，为庆祝贡山独龙族怒族自治县成立 40 周年庆典，应贡山县委、县政府邀请，与州歌舞团副团长怒学文赴贡山着手策划文艺活动实施方案，提交县委后获得通过，由两人全权负责方案实施工作。赵师简为此次庆典活动创作了开幕式入场音乐《吉祥的日子》，被县广播电台选为播音前播放的歌曲，前后沿用了 10 多年。2004 年，怒江州成立 50 周年大庆时，《吉祥的日子》和怒族《祝酒歌》入选州庆 50 周年歌曲专辑光盘中。

1999 年 9 月，怒江州组织了一个农民合唱团，赴昆参加九九昆明国际艺术节，赵师简担任合唱团指挥。在闭幕式演出时，导演安排由怒江合唱团和加拿大伴侣合唱团同台演唱世界名曲《欢乐颂》，并要求两个指挥共同指挥。唱完一个乐句后，加拿大指挥家退出，由赵师简完成全部指挥。幕启前演员就位，指挥找出歌曲标准音提示演员，当赵师简起了一个标准音时，加拿大指挥家用英语说NO！ NO！说是音起高了。赵师简比画着对他说，一点都不高，标准音高就是这么高。加拿大指挥家不服，从包里取出音叉，仔细效了一下，他伸出大拇指连说OK！ OK！赵师简的民族自信和文化自信，令怒江州农民合唱团队员们充满自豪。

2000年12月，赵师简退休了。他始终为发展民族文化事业默默耕耘，收集整理了100多首民歌，创作音乐和小品等各类文艺作品不少于80个节目。

2007年，赵师简应贡山县委宣传部邀请，为贡山创作了13首民族广场舞音乐作品，加上贡山县几位创作人员的作品，共计21首歌曲，由州文化馆的副研究馆员、国家二级作曲家马金华编曲音乐后，协同县文化馆专业人员的舞蹈动作编排，制作出了21套民族广场舞在全县推广。现今已流传至全州乃至滇西片区。2012年，贡山县独龙族怒族自治县成立60周年之际，赵师简又为贡山县庆出版的歌曲专辑创作了两首歌曲，即《还是自己的家乡好》《美丽的独龙江》。

退休后，赵师简只是把办公室转移到家中而已，他毕生致力于民族文化工作，并没有完全意义地退休，他继续做些收集、整

理工作和创作一些作品外，还参与更多的社会文化活动。2010 年，六库地区退休职工组建红霞乐队，赵师简受邀为该乐队担任总指挥。2013 年，赵师简受州老干局聘请，给老年大学教授二胡。这一年里，他与范进良组建了怒江州文化馆乡音民乐队，把州歌舞团退休的老演奏员们召集在一起，组成一个小乐队。原在州歌舞团民乐队的骨干成员方新、范进良、格弟荣、赵师简、范学仁成了乡音民乐队的骨干成员，他们演奏乐器有提琴、二胡、笛子等，曾协助州文联到怒江州各个县演出。每次演出，《歌声飞出心窝窝》是乡音民乐队的保留节目。生命不息，奋斗不止，能为人民做事，赵师简感到非常自豪。

从李卫才请赵师简为《歌声飞出心窝窝》二胡调音（定音）后，赵师简一直演奏这首歌。在歌舞团22年的时光里，他把这首歌奏遍了怒江州村村寨寨。直至退休后也没有终止对这首歌的演奏。《歌声飞出心窝窝》在创作的当年表达对毛泽东主席的热爱，实际上是怒江人一直以来对共产党的心声。作为直过民族怒族中的一员，赵师简和亚好夫妇可以说是怒江傈僳族自治州历史发展的见证人，他们经历了艰难困苦的自治州建州初期年代，经历了“文化大革命”动乱的年代，经历了改革开放年代直至新时代脱贫攻坚和美丽乡村建设。怒江州从天堑阻隔到四通八达，从穷窝穷业到安居乐业，从刀耕火种到现代文明，从稀有短缺到有效保障，从愁吃愁穿到全面小康，经济社会各项事业发生了翻天覆地的历史巨变，进入全面发展的快车道。“现今过着富宁安康的日子，就像做梦一样。”赵师简感叹道，满足与感恩之情溢于言表。

《歌声飞出心窝窝》，赵师简对这首歌怀有深深的感情，每当他拉响二胡演奏这首歌时，文艺生涯中的往事历历再现眼眸，与段伶、李卫才两位共事的日子在记忆中别样亲切。每当二胡拉响《歌声飞出心窝窝》，就会想起怒族人文古今变迁，赵师简的千言万语皆在倾情演奏里。

李卫才、段伶的背影远逝，但他们的文艺作品永远活在怒江各族人民心里。

四、亚好的北京记忆

这是一张珍贵的黑白照片，照片上方写着一行字以及日期：1965 年全国少数民族文艺会演代表与中央领导人合影留念，1965 年 2 月。坐在前排的党中央领导人有毛泽东、朱德、刘少奇、宋庆龄、周恩来、邓小平、陈毅等。合影照中，第六排有一位笑容灿烂的怒族小姑娘，戴着怒族头饰，可惜前面的人挡住了她，照片上无法看到她穿着的怒族服装，只看到她的一张笑脸和头饰。照片里，少数民族代表们脸上洋溢着幸福的笑容，热烈鼓着掌。

“这就是我。”一头白发的亚好阿姨，指着照片上的怒族姑娘告诉我，“那时我只有15岁，读小学五年级，戴着红领巾进京演出。”

黑白照片拍摄时间距今55年了。55年，弹指一挥间，当年花季少女，而今已成了满头银发的老人。

亚好与中华人民共和国同龄。她出身在老姆登村怒族人家。母亲只告诉她出生在1949年，正是薅苞谷地的时候，至于具体哪天，不知道了。亚好上有两个哥哥，下有一个妹妹。她与大哥都参加了工作，二哥因家贫而辍学，从未离开老姆登村，小妹长大后嫁给本村人。

老姆登村面对皇冠山，背靠碧罗雪山，鸟瞰怒江大峡谷。亚好家的房子是千脚落地的干栏式茅草房，竹篾笆墙、木楼板，上层住人，下层圈养牲畜。火塘边是一家人重要活动的轴心。夜深了，他们就把席子铺在火塘边，席地而睡。天亮时，把席子卷起来，放在墙角落里。倘若亲戚来，也是如此。亚好没有床的概念，对于她来说，床就是火塘边席地而睡。家里缺油少盐，生活贫困但充满温馨。亚好没有鞋，整天光着脚板走来走去。她光着脚板到学校读书，光着脚板放学回到家里做家务活，光着脚板下地帮大人干活，小小年纪的她，脚底板便有一层厚厚的老茧，不怕石头硌脚，不怕茅草刺脚。亚好喜欢唱歌跳舞，歌声清脆甜美。每天，她就像一只欢快的百灵鸟，对着皇冠山歌唱，对着怒江大峡谷歌唱。她的歌声犹如清泉水，叮叮咚咚流淌在怒族山寨里，流淌在碧罗雪山环抱里。

清晨，皇冠山的雾霭如浣洗过的纱巾。亚好坐在屋门前的走廊上，边梳头边唱起了歌。“亚好，家里断了火种，你去要个火种回来。”母亲高声吩咐。“好的。”亚好脆声答应。她梳好了头发，答应着往外走。家里没火柴，无法生火做饭，母亲让她到村里要火种。她观察着，谁家屋顶上冒出炊烟，就跑到谁家要火种。

天黑时，二哥回来了。他放下背篓，走进家门，从怀里掏出一双胶鞋送给妹妹，他翻越碧罗雪山到兰坪县背物资，给爱唱歌的妹妹买了一双 28 码的胶鞋。亚好拥有了一双鞋，高兴极了。她非常珍爱这双胶鞋，除了学校举办重大活动穿一下外，平时把胶鞋藏起来，舍不得穿，宁可光着脚板走来走去。

1964 年，怒江傈僳族自治州建州 10 周年大庆在知子罗举行。读小学五年级的亚好被选中，作为碧江县代表队的队员之一参加演出，与她年龄相仿的同村姑娘亚舍也被选中成为队员之一。州文艺宣传队要在州庆结束后到片马进行部队慰问演出，人员不够，年龄较小且聪明伶俐的亚好、亚舍被选中参加演出。

州里接到通知，全国少数民族文艺会演要在北京举办，给怒江 6 个名额，州里选派怒族、独龙族、傈僳族各 2 名演员参加会演。参加片马慰问演出回到家没几天，亚好、亚舍被选中作为怒族代表参加全国少数民族文艺会演。参加会演的独龙族代表是高会英（阿都）、昆秀花（阿恰），傈僳族代表是光思敏（刮生米）、依波。怒江州选派的 6 个人都是小学生，由音乐家李卫才带队参加。

1964年7月4日，李卫才带着亚好等人从怒江坐车到昆明。他们从当时的州府及碧江县城所在地知子罗出发，到保山市大栗树住了一晚，再到大理州清华洞住了一晚，尔后到楚雄住了一晚，第4天才到达云南省会昆明。在昆明，来自云南省的16个少数民族代表参加会演培训。怒江代表队演出节目有《欢乐的傈僳》，由李卫才词曲；童声小合唱《傈僳姑娘的歌声》，由赵鉴新词、杨元吉曲；童声二重唱《怒江在欢唱》，由赵鉴新词、李卫才曲；小合唱《一条道路往前奔》、民族演唱《摆时摆》。李卫才既是他们的带队老师，也是他们的陪护人。在昆明培训，他们除怒江的节目外，还参加别的节目演出，亚好参加彝族撒尼人、大理白族及德宏景颇族的舞蹈演出，还参加云南代表队的一个大合唱和一个小合唱。

11月16日，云南代表团从昆明出发了，演员和带队老师及工作人员71人。亚好他们在李卫才的带领下跟随大部队出发。他们坐火车到达贵州，在贵阳演出。从贵州到北京，坐客车进京的云南代表队一路行走一路演出，5天后才到达北京。他们在北京深入学校、工厂、部队等演出两个月。舞台上，6位怒江小女孩穿着各自的民族服装，戴着红领巾，演唱来自怒江的音乐，富有民族特色的名字，富有民族特色的服饰，富有民族语言的演唱，犹如天籁之音，加之孩子们天真烂漫、纯朴无华的表情，令观众耳目一新，不断叫好。

老姆登村的亚娜在中央民族学院学习，亚好和亚舍参加少数民族文艺会演，三位同村的怒族姑娘相会北京城，激动地合影留念。

12 月 27 日，党和国家领导人观看少数民族的文艺会演并接见演员们。当毛泽东主席、朱德总司令、周恩来总理等人健步走出来，等待接见的少数民族演员们激动地流下了泪水。毛主席站在队伍前向大家打招呼，说你们是少数民族，会劳动，会唱歌又会跳舞，还会说汉话，不简单。“毛主席万岁”“毛主席万岁”，被接见的少数民族代表们激动地又喊又叫，争拥着与主席合影，场面狂热。周总理拍拍主席，说坐下，坐下。毛主席坐下后，大家合影。亚好被挤落到了倒数第二排，她努力踮起脚尖，希望前面的人帽子不要遮住自己的脸，于是便有了我见到的照片里的情形。

亚好阿姨家的房子建盖在赖茂河旁边，小院里蔬菜葱绿。赖茂河流水哗啦啦，经过六库城通达桥附近的一个叫怒江西岸的地盘汇入怒江。坐在客厅沙发上听亚好阿姨回忆她在 15 岁时进京演出见到毛主席的情景，她讲述动情，我听得入迷。亚好阿姨的老伴赵师简老师在一边不时给予补充。三个人沉浸在回忆里，竟不知何时下了一场雨，院坝水泥地湿漉漉，菜地洗了一个痛快的澡，越发青葱可爱。三月的雨带着春天的喜悦，给我们送祝福来了。

毛主席接见进京会演的少数民族代表后，又听了一场小合唱。亚好是小合唱成员，再次见到了毛主席。云南代表队进京会演有 16 个民族代表，但从中只挑了 12 个人去参加小合唱演出，亚好有幸被选中了，怒江进京演出的 6 人中就她一人被选中参加小合唱。小合唱演出地点不在人民大会堂，在一个小礼堂里。出发去演出前，带队老师严肃地叮嘱亚好他们，今晚不能大声叫喊，也不能讲话。亚好和伙伴们认真地答应，好的，好的。舞台上有沙幕，合唱演员们站在沙幕后面。“毛主席来听小合唱，演员们都想走下舞台与伟大领袖握手，节目演不了。”亚好阿姨对我解释道，这是当年站在舞台上的小姑娘亚好对舞台沙幕的见解，也是年已七旬的老人亚好的见解。当年印象深刻，她生动地向我讲述时，令我犹如看电影，恍惚自己在现场。毛主席来听小合唱，作为小合唱演员，亚好紧张得不敢往观众席上看。纱布从中间拉开一条缝，报幕员走到前台，向观众汇报合唱演员，哪个民族，叫什么名字。报完幕，报幕员走到纱幕后。小合唱没有几个节目，演唱结束时，亚好壮胆看向观众席，虽然小合唱演员们站在纱幕后面，但亚好他们在灯光亮处，毛主席在灯光暗处，亚好清楚地看到坐在观众席上的毛主席，一脸慈祥地微笑着鼓掌。

少数民族文艺会演的代表们在京汇报演出期间，正值大型

音乐师赵师简在耄耋之年的指挥风采

《东方红》舞蹈史诗演出，其中的收尾是集体舞，演出演员有 3000 多人，少数民族文艺会演队有部分演员被抽调参加演出。怒江代表中，怒族姑娘亚好、亚舍被抽中参加了《东方红》舞蹈史诗的演出。

1965 年 2 月 13 日，李卫才老师带着 6 位小姑娘回到怒江。时令进入 4 月，亚好接到通知，让她到毛泽东思想文艺宣传队报到。小学五年级的亚好就这样终止了学业，参加工作。到北京参加全国少数民族文艺会演的 6 位小姑娘，除了亚舍因出身成分不好被拒之门外，其余 5 人被安排到毛泽东思想文艺宣传队，成了专职演员。

毛泽东思想文艺宣传队是怒江州歌舞团前身，亚好在歌舞团一待就是 22 年。这个曾是歌舞团台柱子的怒族女子，于 1986 年从州歌舞团调入州群众艺术馆工作，直到 1996 年退休。亚好的丈夫赵师简也是怒族人，两人在怒江文艺阵线上奋斗了大半生，伉俪情深。

“我也见过国家最高领导人。”坐在一旁倾听的赵师简老师突然插话说道。

“呀！您也见过毛主席？”我问道。

“不是，我见到的是华国锋主席。”他回答。

1980 年，第二次全国文艺会演在北京举办，怒江州歌舞团的杨元吉、丰秀兰、赵师简、杨荣凤参加。华国锋、胡耀邦等党和国家领导人接见他们。卧铺票不够，赵师简坐了三天三夜的硬座。

进京路上，与赵师简同坐一排的两个人实在坐不住了，三人约定，有两人到过道吹风，另一人躺在三人座位上眯一会儿，如此交替，但走下火车，站在北京大地上时，赵师简的脚肿了。

丈夫抢了自己的话头，亚好微笑地看着丈夫，等他说完后，又接着向我讲述进京见毛主席的情景。毛主席和进京汇报演出的少数民族代表们合影后，当晚，亚好他们参加国宴。亚好他们按桌号按名字对号入座，她在 73 号桌。她多想站起来再见见毛主席，但不能。大家都很安静，说啥话轻声细语。若需要什么东西，有服务员在伺候。“我第一次喝到了茅台酒。”亚好阿姨话音刚落，赵师简老师又抢着说，我进京演出那次，我们受到国家领导人接见后，也有国宴招待，我的座位在 108 桌。讲述往事，夫妻俩开心地笑了，说他俩是幸运的怒族人。

曾担任过州歌舞团团长的杨元吉老师退休后，州委老干局组建老年艺术团，下了红头文件任命杨元吉为老年艺术团的团长，继续发扬老文艺工作者的余热。亚好退休后，也成了老年艺术团中的一员，时常随团外出演出。2017 年，怒江州老年艺术团到北京参加文艺会演，亚好再次在京去见毛主席。早上 7 点，他们吃早点，8 点到毛主席纪念堂去瞻仰毛主席遗容。一路上，带团去的人反复叮嘱，见到毛主席，不准哭，不准叫。到了毛主席纪念堂，他们排队等候。当见到毛主席遗容，亚好还是忍不住流下了泪水……亚好阿姨声音里泪水渐多，她哽咽着讲起了毛泽东主席去世时，州里在六库城举办追悼会的情景。

亚好阿姨泪流满面。赵师简老师双眼红了，拿起纸巾擦眼睛。我的眼眶也湿了，不知如何安慰两位老人。他们这一代人对毛主席有深厚感情。以毛泽东为首的中国共产党缔造了新中国，改变了中国一穷二白的落后面貌，怒族作为直过民族，告别了刀耕火种的日子。如果没有新中国，怒族穷小子赵师简就没有机会读书，没机会被分配到毛泽东文艺宣传队工作；如果没有新中国，怒族穷姑娘亚好也没有机会走出怒江大峡谷，更没有机会到北京演出见到毛主席；如果没有新中国，就没有他们今天安乐的日子。他们有两个儿子，大儿子赵云翔在怒江州文化馆工作，从事群众文化工作多年，小儿子赵云智在泸水市政务服务管理局工作。在儿孙满堂中，两位文艺前辈安享晚年幸福生活。两位老人见证了中

华人民共和国成立 70 年来的辉煌业绩，见证了怒江州建州 65 年来翻天覆地的变化。

亚好阿姨含着泪花，又讲起了她第三次见到毛主席的情景。

2019 年，亚好参加怒江旅游团到韶山游览，这是由怒江州旅游局组团的一次旅游活动，有 100 多个人参加。参观毛泽东生活过的地方，亚好看得仔细，听得认真，不仅看了厨房，连猪圈也不放过，她要把毛主席生活过的地方，点点滴滴印象烙印在脑海里。他们向毛主席塑像敬献花篮，集体向毛主席鞠躬行礼。在韶山，亚好见到的是毛主席塑像，但对于她的情感而言，她这是第三次见毛主席。

捧在手心里的黑白照片是一张由原图放大了好几倍的照片，

成像有点虚，因年代久了，有的地方出现如手指不慎擦着了的痕迹。我问亚好阿姨，当年拍摄的那张黑白照片还在吗？她说不在了。幸好她还保留一张放大了的照片，没有放在镜框里，卷成一卷，这张照片相对清晰些。我拿了这张卷着的照片，还挑选了几张他们在毛泽东文艺宣传队时背着背箩到怒江州各县演出的黑白照片，到州印刷厂请排版员帮忙复制成数码照片，保存在电脑和硬盘里。

告别两位老人，我顺着巴蕉河流水向怒江走去，经怒江西岸牌坊，走向江滨走廊。漫步江滨走廊，怒江两岸现代化建筑高楼映入眼帘，六库城风光怡人。东有碧罗雪山，西有高黎贡山，两座山脉护卫六库城，怒江穿城而过。滔滔怒江水，讲不完的怒江故事。在怒江波涛声里，我轻轻地唱起怒族民歌《阿怒离不开共产党》："过去阿怒像路边的小草，风吹雨打好凄凉。今天的阿怒像雪山上的青松，昂首挺立在高山上。怒山上的棵棵青松离不开雨露阳光，阿怒千秋万代离不开共产党。"

老姆登茶韵

一场春雨，将我招引到老姆登村，流连茶山品茶，从一个茶厂到另一个茶厂，醉在怒族人家茶叶庄园诗意人生里。从老姆登村回到六库城，舌尖上尚未消散茶香，情思尚未从山间云雾的老姆登茶中醒来，喜讯传来：中华人民共和国农业农村部于 2020 年 4 月 30 日发布第 290 号公告，对 312 个产品实施农产品地理标志登记保护，颁发中华人民共和国农产品地理标志登记书。怒江州只有一个农产品获此殊荣，那便是老姆登茶。心犹如品茗，老姆登茶味悠悠。

一

我们到茶厂时，雨停了。阳光从水冬瓜树缝隙照射在茶叶上，犹如贵妃出浴，茶芽越发娇媚可爱。多年没来茶山，从林区公路到茶山依旧是土公路，只是这条土公路经岁月夯实，地面变硬，没了记忆中的泥泞。茶树葱绿，漫山遍野富有朝气。水冬瓜树在茶地上犹如鹤立鸡群，一树笑接一树。矮处是茶树，高处是水冬瓜树，树枝互致翠绿敬意。山是立体的山，树是立体的树，层层叠叠绿色在碧罗雪山深处延伸。皇冠山就像一个巨大的王冠，搁在对面的高黎贡山山脉上。雾从王冠上升起，就像天神鼻孔里吹出的一缕白气。

篾笆围墙的厨房里，火塘上支着烧烤架，一位怒族妇女坐在火塘边，一手拿着手机通话，一手拿着长长的竹筷翻着烤架上的肉，不断把烤熟的肉拣到搁在凳子上的盘子里。一伙客人来到和大林家的农家乐玩，要吃烧烤。

我正在拍摄富有怒族特色的火塘、篾笆墙上挂着的腊肉等，和大林进来了。他身材偏矮，微胖，戴着一顶绣着 JEEP 的土黄色帽子，穿着一件浅绿蓝领的 T 恤，外罩一件浅灰色毛衣，再套一件黑灰色夹克衫，穿着一条蓝色牛仔裤，一双黄色皮鞋，国字脸，大眼。一说一笑间，他就像茶地里的一片茶叶，率真纯净，又像一壶色泽如葡萄酒般的晒红茶，开朗随和。

认识老姆登高山茶怒舅山品牌，起因在于同事泡的一壶茶，这个茶叫晒花茶。我首次见到由茶花加工成的茶，觉得稀奇，品之觉得口感不错。同事说他弟弟和大林创办了高山茶厂，有一天，弟弟的茶厂来了一位北京人，北京人告诉弟弟茶花可制茶。弟弟受到点拨，开发了晒花茶。品晒花茶，我滋生了去老姆登茶山走走看看，走进福贡老姆登高山茶种植农民专业合作社，采访社长和大林的想法，可一直没能成行，直到2020年4月下旬去老姆登茶山，得以实现夙愿。与和大林长谈，参观他的茶厂种植规模和制茶车间、晒茶的玻璃房，特意品尝其农家乐的怒族风味炒菜。和大林的故事，让我了解一代老姆登村茶农的高远情怀与顽强追梦。

老姆登茶树地

同事叫和利山，是和大林的大哥，这位出生在20 世纪60 年代的农家孩子，是老姆登怒族人家新一代大学生，也是和家兄妹7人中唯一的大学生。在老姆登高山茶场品茶，说起在六库城和利山家喝晒花茶的情景，和大林开心地笑了。他告诉我，茶花有润肺护肝作用，因为茶花里的花蕊相当好。至于花蕊如何的相当好，他没有说，我也没有深究。每年10月至11月，茶开花季节，采摘了茶花，在阳光下晒，不断翻晒茶花，直到晒干为止，这就是晒花茶，现今卖到600元一斤。做晒花茶时，和大林不知道其原理，只是想着不浪费茶树资源。2016 年，老姆登茶山上的茶开花时节，高山茶场来了一位北京游客。他看到和大林家后花园的几棵古茶树开花了，向和大林提出要采摘一点茶花。和大林大方地答应了，让客人自己采摘。他在北京游客来之前已经做晒花茶了，北京人以为和大林清楚花茶的功效，交流后才知道和大林并不知道花茶有润肺护肝的功用，北京人把这个告诉了懵懂的和老板。茶是个好东西，不仅茶叶、茶花有功效，茶籽外壳也可以治疗心慌心跳，把外壳晒干后，可以煮着吃。

在我的印象里，怒族人居住的地方稻田较多，他们不仅在江畔，甚至在半山腰开垦出一丘又一丘梯田，用勤劳的双手抒写怒江大峡谷中最古老的土著民族的农耕文明。守着稻田吃不饱，“穷怕了”“害怕再过苦日子”，和大林坦言，这个奔向六旬年纪的怒族汉子，记忆中的穷日子令他难以忘怀。爷爷在指挥田种地，但田地再怎么多，如何辛苦地种稻谷种苞谷，一家人到头来还是吃不饱。胶鞋穿烂了，露出脚指头，拿铁丝穿着鞋子，能穿几天就几天。烂胶鞋舍不得丢，在鞋外面包一层篾笆穿。裤子补丁摞补丁。买不起皮带，用蒿枝秆当皮带，有时喘气重了些，不小心蒿枝秆就断了。和大林在知子罗读初中时，梦想有一天自己能拥有 5 角钱。加工厂做凉粉做豆腐，每天都有人去排队买凉粉买豆腐。当时，凉粉 1 角钱 1 斤，能拥有 5 角钱，意味着可以买 5 斤凉粉，吃饱肚子没问题，且吃不完。在初中生和大林眼里，拥有 5 角钱，在碧江县算是老大了，很富有的了。可惜初中生和大林在更多时光里连1角钱也没有，他家有7个姊妹，靠父母及爷爷的那点工分，家里的穷困状况可想而知。他吃不饱，处在饥饿状态里无心读书，初中没毕业就辍学了。

知子罗是怒江州历史上的盐茶古道驿站，从兰坪县而来的盐马古道，以及从怒江沿线边境县而来的茶马古道交汇在知子罗。盐茶古道上的知子罗驿站，从某种意义上来说也涵盖了毗邻的老姆登村。和大林的爷爷和妈妈到兰坪县背过盐巴。他们走碧江—营盘古道，从知子罗出发，到达澜沧江东岸的营盘街，在盐店买了筒盐，背回知子罗。筒盐放在火塘边，旁边放着一把刀，炒菜或有别的需要时，拿刀削下来一点盐。爷爷爱喝茶，他从兰坪背来筒盐的同时也背来砖茶。每天，他都要从砖茶上掰一点茶放在土罐里，在火塘边烤出茶香味后再倒入开水煮茶。到兰坪背盐背茶，所走的碧江—营盘古道比较艰辛，翻越雪山的路被称为碧罗雪山鸟道。茶是好东西，值钱，年幼的和大林对茶有这样的粗浅印象。

集体化时期，老姆登村茶山上不种茶，种着木香、三七、人参等中药材。后来种茶，在茶山上建起了村办企业，人们就把这个地方叫作茶厂。村办企业经营不善，承包给三户人家管理。茶厂周边是荒坡地。当时，老姆登村办有合作社，合作社员们在茶厂周边荒地上种苞谷，现今和大林家农家乐所在地是当年合作社的牛圈。老姆登村的人种茶苗，有的成活了，有的死了。加工茶叶，人们用簸箕把碎茶簸掉了。初中辍学的和大林在茶山放牧牛，

坐在红土地上，面对茶树，看着嫩绿色的茶叶，他想起阿爷从兰坪县营盘街背来的砖茶，两块钱一饼。阿爷在火塘边煮茶边喝茶的情景浮现眼前。他琢磨，茶是好东西，今后会有发展前景。看着地上废弃的碎茶，和大林痴想，茶叶会有一天翻身，茶农的收入总有一天会改观。

茶山上有一些梯田外，其他全是荒地，三户人家承包不过来，于是老姆登村人抽签去茶山发展。凡到茶山的种植户，自己开荒，每亩地要交给村集体提留款 8 元，后来涨到每亩地交 15 元、25 元。1990 年，24 岁的和大林加入茶山的承包户队伍里，携妻带子在茶山上安了家。凡到茶山上搞承包的人家，要把村里的地留下，还要交提留款。茶叶没给承包户带来多大效益，加之茶山处在荒地间，柴火也有问题，20 多户承包人家，有的打退堂鼓。凡有人家退出承包地，和大林转手承包下来，累计 100 多亩。他发动亲戚

↑茶叶加工车间

↓自然晾干

们种茶，妹夫、姐夫、弟弟、小舅子等，在和大林的动员中，全跟着他上山种茶了。家族似的茶产业地界，从茶厂直到农中。亲人们对茶叶发展前景抱怀疑态度，和大林耐心地说服，要亲人们相信，总有一天他们会打翻身仗。

1997 年，老姆登村把村办企业承包给怒江州农业局经济作物管理站（简称州经作站）。次年，州经作站在茶山上用茶籽育苗，把茶苗免费发给老百姓种。经作站聘用陆金担任茶叶加工厂的厂长，和大林担任副厂长。陆金、和大林负责鲜茶叶收购和加工，州经作站负责包装和销售。和大林曾到思茅、镇沅、景谷、景东去进茶苗，视野得到开阔。与州经作站合作时期，是和大林从事茶产业生涯中最难忘的，他从单纯的种茶卖茶以求温饱的茶农，成长为带动一方百姓共同致富的产业能人，打造老姆登茶中一种品牌茶，成为地方茶文化代言人之一。可以说，州经作站给他搭建迅速成长的平台。和大林感激地说，在州经作站关心、扶持下，才有我们的今天。

州经作站与陆金、和大林三家联营生产的老姆登茶，我对价钱 32 元一盒的精品包装茶记忆犹新，里面放着小袋茶，每袋茶上都有一根细线。泡茶时，把一小袋茶叶放入杯子，细线一头落在杯外，便于取茶渣。泡上一杯老姆登茶，捧茶在手里，闭了眼闻香气，清香沁脾。喝上一口老姆登茶，满齿留香，还有淡淡的回甘味。我邮寄老姆登茶给在省城工作的弟弟，他喝了后赞不绝口，非常自豪怒江开发老姆登茶，邀请亲朋好友共品尝。

2004 年，和大林在茶厂起房盖屋，为今后开办农家乐奠定了基础。2007 年，和大林离开州经作站茶厂，不再成为合作对象之一，自己分灶另干。起初，他没想到打造自家的茶产业品牌，依然用老姆登茶作为茶产品名称。两年后，和大林与同村好友李小荣带上各自妻子，开始了滇西及滇南旅游。李小荣在老姆登村做客栈生意，但他家与老姆登茶有着渊源关系。20 世纪 60 年代，老姆登村从普洱引进了大叶树茶，种了不足百亩的茶叶地，且开办了村企业，李小荣的父亲是茶厂的第一任厂长，老姆登茶从引进到种植及加工成产品，都倾注着老厂长的心血和热情。和大林立志茶叶事业，携家人到茶山发展后，把老姆登村的房子送人了，以此痛下勇气和决心。两个青梅竹马长大的好友，从此，一个居住茶厂，一个居住村里，都在碧罗雪山深处唱响了脱贫致富的歌谣。此行，和大林带着自己茶厂生产的老姆登茶，既是旅游，也是宣传。两对夫妇从老姆登村出发，到过的地方有六库、大理、丽江、德钦、香格里拉、维西、中排、石登、营盘、芒市、德宏、西双版纳。这一趟出游耗时 9 天，令他们增长了见识，开阔了视野。

2010 年 11 月，和大林成立福贡县老姆登高山茶种植农民专业合作社，社员有 11 户，茶叶种植基地 400 亩，从事绿茶、晒红茶和晒绿茶生产、加工、销售、科研及传播茶文化。合作社成立后，和大林发展茶产业开始走品牌道路，生产老姆登“怒舅山”高山茶品牌。和大林是土生土长的怒族人，他发展茶产业，重视茶文化，在茶文化里自觉不自觉地融入怒族文化。“怒舅山”品牌的取名，来自怒族神话传说。怒舅山是老姆登怒族人对皇冠山的称谓，怒族人认为，舅舅说了算，可想而知舅舅的地位高、权力大，充分体现了对一家之母的娘家人的尊重。老姆登村人认为，他们的祖先来自怒舅山。怒舅山里有个大洞，有碗筷等生活用品。怒族祖先从怒江西岸的怒舅山到达怒江东岸的老姆登、知子罗等地，并以此起步，沿着怒江向北走，望竹而居，直达贡山县丙中洛、秋那桶等地。老姆登高山茶种植农民专业合作社的茶品牌取名怒舅山，在茶文化中融入怒族文化，也是怒族儿子和大林的民族情结。他是个认准方向就大胆前行的人，下决心把品牌做大做强，成为行业中的领头羊，带领乡亲们奔向幸福美好的生活。

福贡县老姆登高山茶种植农民专业合作社实行“合作社 + 社员（农户）+ 基地 + 市场”的产业化运营模式，带动广大农户扩大茶叶种植规模，确保加工厂所需鲜茶叶收购，扩大了加工规模，增加了产值。合作社坚持“民有、民管、民享”“自主经营、自负盈亏、平等互利”的原则，以服务“三农”为宗旨，带领茶农走增收致富的路子，为社员提供茶叶种植、生产、加工销售、运输贮藏以及与生产经营有关的技术、信息等服务。合作社成员由原来 11 户增加至 25 户，直至现今 125 户，茶叶种植基地面积由原来 400 亩增加至 1806 亩（其中 6 亩为厂房面积），现已建成示范基地茶园面积 1000 亩，辐射茶园面积 1800 多亩。怒舅山高山茶现已成为福贡县生产规模较大的一家集茶叶种植、加工、销售为一体的产业化经营模式，产品畅销广东、北京、上海、浙江、重庆、江西、四川等省市。

随着合作社成员越来越增多，和大林按照国家标准要求进行新建盖 1000 多平方米厂房，增加烘干机一台、全套检验设备及防火墙。2015 年购买“云 Q10 号”茶苗，从保山龙陵引进紫金茶苗、白茶苗进行试验种植，成活率达百分之百。合作社积极筹建年产 30 吨老姆登高山茶生产线建设，为进一步发挥当地茶叶资源优势，做大做强老姆登高山茶怒舅山品牌，提高产品质量，扩大生产力，通过扩建厂房、茶叶生产设备淘汰更新、填平补齐、改进加工装备条件和加工工艺，提高茶叶生产机械化水平。对农户每年进行科普宣传和培训种植、施肥、修剪、害虫防治、打叉等。带动周边农户 1000 多人，年产量达 20 吨左右，收入 400 多万元。

正值春茶采摘季节，厂房里一片忙碌景象。每年从 4 月 20 日

和大林开办的农家乐

左右开始采茶，直到 9 月 20 日结束，加工茶叶的设备都在开工状态里，直到十月才停止。厂房有三层楼，我一层一层地参观。耳听和大林讲述他的茶叶世界，从茶叶加工车间到储藏室到楼顶晒茶的玻璃房，嗅着茶香，感觉皇冠山就像一位宽厚的神灵，满脸宠溺地看着我们。在走廊上，我下意识地望向皇冠山，一缕雾在皇冠山上就像任性的顽童，自由自在地玩耍。厂房顶层是玻璃房，大簸箕里晾晒着茶，红茶、绿茶、紫鹃茶，和大林指点着辨认。茶香弥漫中，我习惯地望向皇冠山方向，玻璃挡住了视野，但见对面的和大林站在架子上翻晒茶叶。昨夜，他和工人们在厂房里加工茶叶，忙活到凌晨两点钟。望着忙碌而快乐的和大林，我被他执着信念和数十年如一日地坚守在茶山上，带着乡亲们蹚出一条茶叶致富路子的故事打动。

产房旁边是一块精致的园地，三面由遮阴篷做围墙，另一面是品茶室墙壁，被和大林称为后花园。后花园里植物丰富，令人瞩目的是几棵古茶树，古茶树上长着石斛花。石斛的根长在茶树上，吸收茶树的营养，使得石斛更具有药用价值。古茶树下套种着中药材，半夏、黄连、重楼、土三七等，碧罗雪山上野生的中药材品种被和大林展示在后花园里。除中药材外，还种有兰花。三两截胡乱搭着的栗柴上长满香菇，肥肥嫩嫩地引诱人，我当场就向和大林点菜，来一盘素炒香菇。作为一名背包游客，我决定晚饭安排在和大林家的农家乐里，舌尖上的怒族文化，令我对和大林家的农家乐饭菜好奇，心想，这个置身在茶树和水冬瓜树间的农家乐，饭菜肯定别有风味。后花园是和大林的一块试验园地，他想在茶地里套种别的植物，尽可能合理利用土地，极大量化地发挥土地的作用。

品茶室正在建盖中。在品茶室观赏皇冠山，视野更加清晰，不像在厂房，也不像在农家乐所看到的，时不时苦恼电线的干扰和玻璃窗的多余。站在品茶室看皇冠山，黛青色的山裸露眼前，皇冠山就像一位身材高大的勇士，戴着威严的皇冠。一缕雾不再如顽童般嬉闹，而是一头钻入皇冠的一角里，另一头袅袅飘升向蓝色天空。行走老姆登，无论在村里，或是在茶山上，左转右转都没有脱离碧罗雪山怀抱，目光总是撞上高黎贡山峰巅的皇冠山。我喜欢这份在皇冠山目光里行走的感觉，在碧罗雪山与高黎贡山两大山脉陪伴中，听着怒江流水声，行走大地变得从容和自信。这样的自信，和大林尤其浓烈。品茶室正在建盖中，我虽然未能静坐此观赏皇冠山景致和品尝怒舅山品牌茶，但在和大林开办农家乐的厨房里，他给我与同行茶厂的小罗泡的一壶茶就是紫鹃茶，这是他开发的怒舅山系列品牌茶中价格最贵的茶，这个朴实的怒族汉子没有一句客套话，却以茶饮的方式表达了对客人的欢迎。这份对客人的欢迎和自我推销，具象在品茶室的建盖上。我爱喝茶，但谈不上是品茶行家，仅仅停留在表浅的饮茶上。他泡的这壶紫鹃茶属于红茶类，色泽紫红如琥珀，饮之甘醇如饴，身心为之一爽。

后花园和茶厂之间，有一块茶地，茶地上的茶树叶子紫中泛红，与周边翠绿的茶树不一样，这是和大林引以为傲的紫鹃茶。2014 年，他到思茅考察时，看到紫鹃茶，这是老姆登茶山所没有的茶品种，他喜欢茶的颜色，觉得紫红色好看，饮之，更是喜爱，这茶好喝。回到老姆登后，他在自家厂房旁边的坡地上挖了一块平地。老姆登从没种过紫鹃茶，和大林决定科学化种植紫鹃茶，他喜爱这茶，志在自家茶林拥有此茶。坡地被挖成一块平地后，他在翻挖的泥土上放一层腐殖土，再在腐殖土上盖一层生土，再盖上地膜，再种上购买来的紫鹃茶苗，成活率 100%。一亩紫鹃茶，他投资了 4 万元。紫鹃茶是小叶茶，曾经是进贡皇室的贡品茶。采摘紫鹃茶且加工成红茶类后，和大林琢磨，这是我极其喜爱的茶，那就以爱字起头，饮爱心茶，定价售价 2000 元一斤。这个因爱而生的老姆登紫鹃茶，备受老板们欢迎，供不应求，尤其让和大林感到自豪的事是：2019 年，一亩紫鹃茶收入 20 万元。在这亩创造了茶产业佳话的紫鹃茶前又有一亩紫鹃茶，栽种于 2017 年，可以在 2020 年里采摘了。两亩地的紫鹃茶树，肥肥嫩嫩的一叶两芽茶叶，紫红色彩诱人，等待着人们来采摘。

茶禅一味，农民和大林说不出更多深奥的道理，但他做茶 30 年来的体会却朴实而实在，充满禅机。他憨厚地说，做茶之人性格要好，心情要充满阳光和快乐，这样做出的茶才会绵柔和好喝。茶是一棵摇钱树，茶叶是钱币，采摘茶叶就像摇钱树，回报勤快劳动的人。茶树越老越值钱，惠及几代人。

在土地上劳作的农民，相信眼见为实的利益。回想起当初，和大林就笑。他发给村民们茶苗，有的不敢种，说你种那么多茶叶，去哪里卖？去哪里推销？茶叶不能当猪饲料也不能当牛饲料，茶树不能当柴火砍来烧。和大林说，你们不必担心销售问题，茶市场大得很，大城市需要大量茶叶，只怕你们种不出来。有的茶农碍于和大林的情面，虽然没有拒绝和大林发给的茶苗，但对茶产业的发展前景将信将疑，没有把种植茶树当回事，尽管把和大林发给的茶苗种下去了，但不好好管理，敷衍了事。老姆登村有户胡姓人家，和大林一次又一次给他家留茶苗，胡家就是不愿意种植，隔壁邻居都种茶苗，就这户人家成了钉子户，固执地种苞谷。和大林耐心地做工作，苦口婆心地说，你不要种苞谷了，种苞谷永远翻不了身。这户人家不听。和大林没辙了，只好硬下心

肠，压迫这户人家种茶。胡家在和大林的施压下种了十多亩茶树，现今受益了，为此对和大林感激不尽。

作为产业带头人，和大林也有自己的一本创业经。刚成立合作社时，他举步维艰，受到匹河乡信用联社支持，无息贷款5万元，3 年还清。茶叶种下去了，3 年里不见效益，但和大林深知茶叶越老越值钱，他不仅想改变自己及家庭的命运，带动乡亲们脱贫致富，也想惠及子孙后代。种植茶树前期投入不算大，从第 4 年开始，茶树有收益了，和大林边收茶叶边赚钱边不断投入，陆续种植茶树。2019 年 12 月 20 日，他开始坡改梯种茶，新冠肺炎疫情暴发，他只好停工。鲜茶叶收购价，他打算从 8 元涨到 10 元，因

晒茶的玻璃房

疫情而导致茶生意下滑，涨价事暂时搁下了，待复工复产时再调整。合作社成立以来，社员们采摘了新鲜茶叶，交给和大林加工，从不为销路发愁。从 2017 年开始，和大林不仅发茶苗给社员种，还在年底召开交流会。随着生意规模做大，他这年会交流发放给会员们的纪念品也越来越上档次，2017 年交流会的纪念品是 80 元一个的铜锅，2018 年专门定做 180 元一个的大锅，2019 年是棉毯外加一顿饭。

高山茶厂的茶农中有建档立卡户，和大林发给他们茶苗栽种，培训他们种植茶树，有的现今收入过万。合作社成员若自己销售茶叶比和大林代销还要好，可以自己销售，不必交给和大林代销。

和大林成立合作社后，一年要用几千个工，一天用30个采茶工，解决了乡亲们近便在家门口打工的心愿。尽管和大林创办的合作社成员越来越多，茶地近2000亩，收购和加工的茶叶越来越多，但他无法签山外大城市需求的大宗订单，他们的合作社生产的茶叶满足不了供应。老姆登高山茶怒舅山系列品牌茶是和大林一手创办起来的，关系到合作社的信誉与生存，他反复叮嘱合作社成员，种植茶树不用化肥不用农药，若茶叶上有病虫害，就往茶树上洒一些灶灰，或喷洒烟头泡的水。老姆登村人加工的茶是原生态茶，从不施肥喷药，老姆登高山茶种植农民专业合作社的社员绝不会做砸自家品牌的傻事。

从老姆登村村情介绍上可知，老姆登高山茶种植农民专业合作社是福贡县境内生产规模较大的一家茶叶种植合作社，老姆登高山茶怒舅山品牌深受消费者喜爱，成为老姆登出产的茶叶中名茶，带动周边农户1000多人增收致富。2016年该合作社的老姆登"怒舅山"获得食品生产许可证，并取得有机产品认证证书，目前拥有四个茶叶包装外观设计专利。2017年，老姆登高山茶销售量8.8吨，销售额达528万元。通过积极探索制作工艺，截止到目前已有炒青绿茶、晒青茶、晒青绿茶、晒青红茶、晒红茶等品种，茶农户均收入达2万元，约占了全村总收入的50%。随着产业做大做强，各种荣誉和认证接踵而至，老姆登高山茶种植农民专业合作社于2017年取得了9个实用新型专利，5项实用新型专利均已授权。和大林本人也获得国家级、省级等各种荣誉奖项。2018年，怒江州委、州人民政府首次表彰怒江名师、名医、名家、能人，和大林荣获“怒江能人”称号。

“要不是程润宏，要不是州农业局经作站，怎么会有我们的今天。”和大林感激地说。

二

就像生命之源的一股绿水，以茶厂为中心，茶树向四周扩散，顺着山势顺着沟槽漫流。翠绿、湖绿、青绿、碧绿、墨绿，大山有皱褶，加之光影作用，茶山的绿不是单一的绿，显得丰富。层层叠叠的绿铺展在碧罗雪山胸怀里，与高黎贡山最高峰皇冠山隔着怒江相望。皇冠山是老姆登村的怒族人心目中的神山，茶山是他们敬献给皇冠山的一杯绿茶。陶醉在大自然的清新、宁静里，舌尖上流连的茶味有着说不出的舒适。穿行茶树间，我的脚步轻盈得就像阳光里的两片茶芽。

吃水不忘挖井人，从一名茶农成长为茶产业带头人的和大林感激地提到程润宏，提到州经作站，令我感慨万分。程润宏因工作需要，离开老姆登茶山后，于 2010 年到泸水市鲁掌镇三河村挂职新农村建设指导员，他帮三河村理清了发展思路，指出了发展方向，带领村民们走上了致富路。翌年春，一封来自三河村带有 275 个红手印的挽留信，摆在了泸水县委书记的案头，乡亲们用令人震撼的方式，把挂职任期满的程润宏留了下来，乡亲们舍不得他走。2017 年，我深入脱贫攻坚前线采访，来到三河村，所到之处，村民们跟我深情地谈起程润宏，他在田间地头培训老百姓，争取资金为村里修公路，在村里提出的“林 + 药”“林 + 菜”“林 + 草”“林 + 畜”四种山区农业综合开发模式，提高土地综合利用率，拓宽群众增收渠道。怒江打响脱贫攻坚冲刺战役，我于 2020 年 4 月到福贡县深入脱贫攻坚前线采访，乡亲们动情地跟我说起程润宏，他担任福贡县马吉乡驻村扶贫工作队大队长时，针对种植业提出“五位一体”立体生态农业模式，即水冬瓜树上种植石斛、养殖蜜蜂，树下种植草果，养殖土鸡或者种植中草药，形成互促互进、相得益彰的生态循环模式，土地利用率达到极致，拓宽到林木及空间。我到老姆登茶山，看到和大林在古茶树上种植石斛，听他感激地说到程润宏当州经作站站长时对茶产业的贡献，不由得对现今担任州农业农村局局长，致力于农民增收致富的农业专家程润宏留在老姆登茶山的足迹产生了浓厚兴趣。茶香弥漫的老姆登，让我品读怒江大地上的农业专家情怀，种在大地上的记忆是老百姓对他的最好评价。

老姆登村在集体化时期种植茶树，村民不会对茶树使用农药和化肥，凭土地的自身肥力和茶树自身抵抗病虫害能力生长，保证了茶树生长的一块处女地。老姆登村茶叶种植海拔 1800 米至 1900 米，海拔高，湿度大，茶叶产量比起低海拔地区来说不高，但茶叶品质好，是典型的高山云雾茶。程润宏担任州经作站站长

火塘夜话

后尽于职责。1996 年初，他就谋划着把老姆登茶的价值挖掘出来。到了年底，州经作站对老姆登茶叶的开发做了准备工作，明确加工场地、加工设备、加工人员，为此，他们签了 3 份合同：与匹河乡政府签订了老姆登茶产业开发的合同；与老姆登村签订了租赁合同，把老姆登村办的老茶坊租过来，由州经作站支付 2 万元，租金 20 年；分别跟老姆登 11 户茶叶种植户签订了茶叶种植管理收购及加工的合同。在与种植户签的合同里，明确了在老姆登村茶叶管理中禁止使用农药与化肥，较早地认识到生态农业的重要性。

1997 年，州经作站成立了怒江州经济作物产品开发服务中心，站长程润宏兼任法人代表。州经作站聘请了老姆登村陆金、和大林为茶叶加工厂师傅。之前，他俩是老姆登村在茶山的承包户之一，可以说是村里的能人。州经作站对老姆登村茶叶统一收购，统一加工，统一包装，统一销售。州经作站注册了老姆登茶叶商标，在怒江州开创了首个农产品商品。老姆登茶叶商标的注册，意味着怒江人开始走向知识产权意识化，农产品自产品走向商品化。

老姆登村从勐库、双江、昌宁一带引进茶种植，茶叶品种有凤庆大叶茶、勐库大叶茶群体品种和本地细叶茶（野生型）。州经作站从昌宁县拉来了 10 吨勐库大叶茶种子，在老姆登茶山上就地育苗，共育有 80 万株茶苗，免费提供给老姆登村民种植，陆金与和大林分别栽种了 50 亩以上的茶树苗。老姆登土质及气候适合种植勐库大叶茶，且这种茶越老越值钱，程润宏主张老姆登种植勐库大叶茶，现今的老姆登茶基本上是勐库大叶茶。

程润宏是云南农业大学农学系毕业生，后又成为中国农业大学园艺硕士研究生。在农业产业发展中，无论他在泸水市三河村提出林下四种模式，还是在福贡县马吉乡提出五位一体的立体生态农业模式，都跟生态农业息息相关，以建设绿水青山家园为行动指南。老姆登村的茶地是生态处女地，没有被怒族乡亲们施用过化肥农家肥，而老姆登方圆几十千米没有污染源。为确保生态茶叶有机肥，州经作站在六库城向榨桐籽油的厂家购买了几十吨桐油枯，无偿捐赠给老姆登茶农作有机肥料。

20 世纪 90 年代，还没有提出生态农业的理念，但程润宏在大学毕业后关注生态建设，绿色生态概念牢牢地根基在他的思想中，他在农业建行中重视生态循环，引导并影响老姆登茶农有这样的思想意识，他指导茶农种植茶树的同时，还教他们在茶地里种水冬瓜树，保持原有的水冬瓜树。水冬瓜树上有根瘤菌，能够从空气中吸收氮气，通过落叶，把氮肥释放到茶叶地里，提供给茶树。水冬瓜树对于茶地来说是肥料树，同时又是一棵保水树。水冬瓜树从根系上最起码保持一吨半的水，通过水冬瓜树可以保持茶地里的湿度，有利于茶树的生长。因水冬瓜树的根生长在很深的地方，从根底下的土壤里吸收一些微量元素，通过落叶把微量元素肥料，即把有机质的肥料提供给茶树，使茶叶得到丰富的营养。程润宏到老姆登开发茶产业时，茶地里有水冬瓜树。他没让怒族茶农砍掉水冬瓜树，每亩茶地里留上几棵，在没有水冬瓜树的地里种上几棵。水冬瓜树不仅是茶地的肥料树，也是茶农们的柴火树，为了茶地的采光与遮阴，一般都需要砍掉一截树。水冬瓜树年年长，茶农年年砍，柴火问题得到解决。

走在旅游观光的步栈道上，从老姆登村到茶厂，我的眼前难以挥开一位剪着平头、穿着朴素的年轻男子面对茶树思索的凝神表情。如何把生态价值转化为经济价值，只有把产品变成商品，才能实现从生态转化到经济价值上，那么在茶叶包装上就不能马虎。程润宏下了决心，老姆登茶产业的开发按照礼品形式开发。

程润宏决定开发老姆登茶产业时，他手下的职工只有 2 人，加上他这个站长，总共有 3 人，且州经作站也没资金投入。他们向州民政局借了 20 万元，用 2 万元流转加工场所，订购了加工设备包装和包装盒，进行税务登记。白手起家，摸索着去做事，在怒江州没有产品开发可借鉴的情况下踏出一条路子，这是何等的勇气和气魄，也是何等的担当精神！

走在茶厂平坦的公路上，沐浴雨后阳光，眼光在茶树嫩绿芽尖上停留，唯愿穿越老姆登茶的前世今生。一场春雨过后，茶树上的嫩芽争相在春风中招手“来采摘我吧”，迫不及待地等着第一批被采摘，以便第二批又长出来。从茶地中穿过，望着茶厂公路隐没在林深处，这条与林区公路衔接的茶厂路，在州经作站的人进驻茶厂时是一条山林小路。程润宏中等个子，人清瘦，他在这条小路上不知道走了多少次。他就像一位茶农，裤脚上时常沾着泥巴，背着茶叶，从茶厂到碧江烈士陵园再到农中，再背到公路边。从茶厂到林区公路的这段山间小路变成公路，州经作站做了努力，得到匹河乡政府的有力支持。茶厂公路修通后，州经作站的人不必再背着茶叶走在小路上。

老一辈人时常提起知子罗到营盘的盐马古道，碧江－营盘盐马古道留驻他们心头的往事，道不尽怒江人在人背马驮年代里的艰辛。这样的艰辛锻造了怒江人坚韧如山的性格。碧罗雪山两头，无论是怒江大峡谷，还是澜沧江峡谷，多民族和谐共居，他们时常走上碧罗雪山鸟道，通过盐马古道互通往来，友好互市共同生存。程润宏对父辈记忆里的碧江－营盘盐马古道故事不陌生，这个来自兰坪县营盘镇的白族儿子，一生才学为了怒江的农业发展，为老百姓发家致富。在老姆登茶农眼里，这个保持农家子弟纯朴的州经作站站长是他们的贴心人。当年的老姆登不是现今所看到的怒江州特色旅游示范村，老百姓比较封闭，生活现状贫困，思想不开放，对茶农的技术培训，程润宏想方设法多次讲解。他在田间地头培训茶农，在火塘边与茶农促膝谈心，把怒族老乡当作自己的亲人。州经作站不止一次在老姆登村举办培训班，也多次在匹河乡举办培训班，苦口婆心地讲授和普及茶知识，手把手地教授茶农如何种植、如何管理、如何修剪。开发老姆登茶叶过程中，州经作站职工由原来的 3 人增加到 6 人。留在父辈记忆中的盐马古道故事，使程润宏与老姆登村的怒族老乡在火塘边交流更加紧密贴心，带领职工用行动谱写民族团结奋进之歌。

在耕作方式上，州经作站采取了一些得力办法。老姆登村茶农从来不薅茶地里的草，州经作站要求他们每年必须薅草三次，教他们把薅除的杂草捂在茶树下面，变成有机肥料，减少病虫危害。老姆登的茶农从来不修剪茶树，州经作站要求他们每年要对茶树修剪一次，每年采摘完了茶叶就开始修剪。在茶农采摘茶叶上，州经作站进驻老姆登茶山，他们加工茶叶，收购老百姓鲜茶，对老百姓的采摘不予限制，老百姓采摘了一芽带四叶或五叶的老茶叶，不利于茶叶加工中品质的提升。2010 年，程润宏针对老百姓采摘茶叶的现象作出硬性规范，叫老百姓采摘一芽带两叶的茶叶，且在采摘过程中把好技术关。采摘一芽两叶这么一个小环节的技术改造，茶农采摘得越快，茶叶发得越快，一芽两叶品质大

采茶

幅度提高，茶农的收入也大幅度提高了。采摘茶叶，一个小工艺的改变，让鲜茶叶的价格提高了两倍多。采摘标准明确规定为一芽两叶，程润宏把收购老百姓鲜茶叶价格从每市斤一元七角五毛钱提高到四元钱。当时，周边地区鲜茶叶收购价只有五毛钱一斤，在这种情况下，程润宏的惠农行为可以说有胆量，冒着担当风险。在州经作站的努力下，老姆登茶农不断提高茶树种植技术和管理技术，养成了良好的种植及管理和采摘习惯，并把这样良好的习惯传承了下来。老姆登茶生意越来越好，茶农队伍越来越壮大，归功于当年州经作站对茶民的培训和良好习惯的养成，使得老姆登的茶农综合素质较高，互相影响和传承。

陆金、和大林是老姆登茶产业领军性的人物，各自创建了自家的老姆登系列品牌茶，成了事业有成的老板。回想当年，他们在州经作站茶叶加工厂打工时，程润宏给他们涨了工资，聘任为茶厂管理员，负责茶叶加工。在州经作站茶厂里，他们掌握了加工技术和销售渠道，懂得了如何进行茶叶产品开发，于是开办自己的茶叶加工厂。当时，老姆登只有州经作站的茶叶加工厂，没有第二家，和大林与陆金另立门户单独干，为此村委会征求程润宏意见，同不同意他们再开办一个茶叶加工厂。程润宏率州经作站员工开发老姆登茶，出发点和目的就是让老百姓富裕起来，老姆登村民自己发展，当老板是好事，程润宏同意他们开办茶叶加工厂。我从老姆登村回来后，在六库城就老姆登茶叶发展史采访程润宏。说起往事，他不无忧虑地说，用现今的茶叶发展来看，同意茶农个人开发和创建茶品牌，这个存在弊端，对老姆登村的茶叶开发不利，因是10多家经营，品牌杂乱，不利于“老姆登”整个茶品牌的建设。

老姆登茶叶加工厂把鲜茶叶加工成干茶后，再把干茶拉到六库城进行筛选、包装和销售。提起老姆登茶开发过程，程润宏的妻子感慨万分。当时，她在州直六库中学教书，每当放学回到州农业局的家，时常帮丈夫包装茶叶。每到周末，农业局、畜牧局的职工义务帮程润宏干活。他们拿塑料纸包装茶叶，没封口机，就拿蜡来封。

2011 年，州农业局要建生态示范园，抽调程润宏担任并负责生态示范园建设工作，他因此离开老姆登村，到泸水市三河村担任驻村指导员。他离开时，老姆登茶产业种植面积发展到了 1000 多亩。

回顾过往，州经作站开发老姆登茶叶的思路是以产品开发带动产业发展，这路子走对了。2019 年，程润宏出任怒江州农业农村局局长后，时常对职工讲，不要嫌小，先从小做起，逐步壮大。他举例开发老姆登茶，以当年的 100 多亩与现今的几万亩老姆登茶来说不算回事。

雁过留声音，人过留足迹，一位农业工作者的情怀种植在怒江大地上，在老姆登长成了连片茶叶林地。

三

夕阳西下，皇冠山云雾变得稀薄了起来，一缕炊烟般的雾气不知何时从皇冠山消失了。阳光洒在茶叶上，光斑就像精灵，在茶叶上玩游戏。我被茶叶光泽吸引，被一块茶地上快乐的采茶人群吸引，信步向他们走去。这块茶叶地离和大林的农家乐不远，我误以为他们是和大林家茶叶地上打工的村民。我向他们打招呼，他们都很热情，其中的一位穿着迷彩服，戴着灰白遮阳帽，斜挎着背篓，看起来年纪有 60 岁左右的男子，自豪地告诉我，他是这块茶地的主人，别的采茶人是他家的亲戚，帮忙采茶。

“你叫啥？”

“周伯通。”

我被他的顽皮逗笑了，说不相信，你怎么可能是电视剧《射雕英雄传》中的老顽童。他说他就是老顽童，不是电视里的，是老姆登茶山上的老顽童，他的快乐就在这些茶树上。话才说完，他就笑了，神态有几分与老顽童相似。我乐了，说你是老姆登茶山上的老顽童不假，但名字不是周伯通。他又笑了起来，说：“你说对啦，周伯通不是我的真名，是我的网名。”他掏出手机给我看。在茶山上遇到老顽童，我饶有兴趣，主动加了他的微信。夕阳渐渐落入皇冠山，我拍摄老顽童与他的茶叶地，他有点不好意思地笑了，说自己不会照相。但他还是随我心意，往两棵茶树间一站，配合着让我给他拍摄了几张照片。

“我的名字叫周林生。”他幽默地说，“周恩来的周，周恩来的弟弟。我是本地人，怒族，有三四十亩茶地，靠茶叶吃饭。”

老顽童简单介绍了自己，并指了指茶地上方，说他家离和大林家不远，就在那儿，让我来玩。我顺着他手指方向看去，只看到茶树和水冬瓜树，还有阴晴不定的天空，没看到房子，他的家给我一种“云深不知处”的神秘感。

茶厂公路上边，坡地背后还是坡地，一坡又一坡茶树向着碧罗雪山峰巅延伸。小罗把车停在公路边，我们走上一条岔生的土路，顺着坡地向上，周林生家隐藏在坡地高处。一扇朱红的大铁门紧闭，一群土鸡在门口挨挨挤挤。叩门而入，几间茅草屋出现在眼前，篾笆墙、木门，给人错觉以为到了某个山庄玩。老姆登村最早到茶山上安家落户的有三家，周林生家是其一。在村集体办的茶叶加工厂里，他与陆金、和金林成了一台机器上第一批个体加工茶叶的人。老顽童对我们的来访很开心，告诉我说，他家已经向有关部门递交了开办农家乐的申请。

参观周家房前屋后的茶林，这些茶树是他种植的。生产队开始包产到户承包土地时，周林生偕同家人到此居住，开荒种植茶树。当时，他买茶苗，每棵两角钱，请小工种植茶树，七八元一天，工价最高时 15 元一天。周林生家是郁伍林茶叶种植专业合作社中的一户，他家不做茶叶包装，把茶叶加工好后拿到 150 客栈，由郁伍林负责包装和销售。周林生家的茶叶加工属于小作坊，还形不成大规模。有部分散装茶叶，他自己销售。周林生不仅是老姆登村茶产业中先驱者之一，也是一名老姆登村的背夫，时常帮游客背东西，走上碧江—营盘盐马古道，从老姆登村到兰坪县营盘镇、啦井镇，因他与同村中的一名村民熟悉游客，也熟悉古盐道，工价每天 300 元，别的背夫每天 200 元，但他们没有多拿，与同去的背夫平均分工钱。他们的背夫生意大多是由 150 客栈介绍来的。周林生以前是一位猎人，时常到碧罗雪山上打猎，后来政府不允许打猎，他把猎枪上交匹河乡派出所了。猎人生涯让他不仅喜欢大山，也喜欢走山路。在碧罗雪山怀抱中的山间小路行走，他觉得心里踏实。

安坐火塘边，我们与周家夫妇拉家常，饮周家茶。清香，微苦，周家茶保持了老姆登茶的本真。周林生家的老屋在老姆登村红旗二组。当年的帅小伙周林生到茶厂干活时，老姆登村处在合作社时期，他在茶厂一待三年。后来老姆登村实行承包制，习惯了茶山生活的周林生不愿意回到村里了，于是成了茶厂承包户之一。他与陆金、和金林承包了茶厂，按照村里要求，把自家的土地留给了村里，赤手空拳地到茶山开荒，种植茶树。周家拥有40亩茶地，夫妇俩有三个孩子，一男二女。孩子们成家后，周林生把茶地分成了三份，给了三个孩子。夫妻俩与儿子生活在一起。封山育林不准砍柴，他家烧的柴火是自家茶地里水冬瓜树上砍下来的。茶叶地里的水冬瓜树不仅供应给茶树有机肥，也供应给周林生家柴火。水冬瓜柴经烧，他家一年四季柴火不用愁。

暮色黄昏，我们告别老顽童周林生及其家人，一路下坡回到公路上。高大的水冬瓜树在茶树之间渐渐有了慵懒，随着夜色渐浓露出睡态。驱车前行，走不多远，但见一栋五层楼高的房子显目地站立在公路边，这是和金林的家，也是他家开办的农家乐。房子显眼处挂着一块牌子：云南省福贡县金林茶叶专业合作社。牌子旁边是土特产店，货架上摆着他家加工和包装的老姆登金林绿茶、红茶，还有别的怒江土特产。屋门边有个接待台，是接待前来住宿吃饭的游客。电脑开着，登记游客信息和开电子发票。

和金林念书到小学四年级，就来茶山发展了。他与陆金、周林生承包老姆登茶叶地，村集体把他们原有的土地没收了，理由是茶树越老越值钱，只要他们把茶树管理好了，子孙几代人都会享福。来到茶山后，他们三家把生产队的茶地平均分掉了，分头管理。后来，村里说他们没把茶地管理好，让他们把茶地拿出一些，另分给村里第二批到茶山承包的人，这批人里有和大林。和金林让出一些茶地后，自家还有 20 亩。他在茶山上近 40 年时光，一生奉献给茶事业。

金林茶叶专业合作社有 60 户，由和金林的儿子负责管理。他家有茶叶加工厂，离客栈不远。儿子负责茶产业，和金林夫妇及儿媳妇负责经营客栈生意和带好孩子。金林茶叶合作社有茶地近千亩，社员们采摘了鲜叶，卖给和金林家，由他家统一加工和销售。采茶时节，他家茶地上每天用工最少 7 人，最多时 20 多人。采茶工从早上 11 点开始干活，到晚上 7 点收工，和金林家提供一顿饭。从 2014 年开始，和金林父子联手建盖客栈，差不多花了 3 年的时间才盖完。金林客栈共有 16 间房子，生意开张后，收入还可以。2019 年元旦前夕，金林客栈住宿费上调，一个标间从 138 元上涨到 188 元。

州经作站开发老姆登茶，老姆登村委会留给他们的茶叶加工厂设备是一间土坯房，里面有一台杀青机、揉捻机、捡块机。后来，州经作站员工从 3 人增加到 6 人。2002 年，州经作站执行定岗责任制，通过岗位责任制竞争上岗，刘慧兰成了老姆登茶叶加工厂的管理者，从事老姆登茶的经营。和金林做茶生意，曾在陆金、刘慧兰那里采买过茶叶，后因茶叶及工钱不能得到及时发放，和金林便决定自己加工茶生意。慢慢地积攒了钱，和金林购买了

炒茶机，但买不起揉捻机。他弄来一个汽油桶，做了一个木盘，仿造揉捻机让木盘在汽油桶里轮回旋转。他的这个自制的揉捻机是个手摇桶。除此外，这个土得掉渣的手摇桶，材料还包括八号铁丝，还有他从卖废铁处买来的旧齿轮、旧马达。这台自制的揉捻机使用了两年，记载了和金林的创业艰难。随着生意好转，老姆登茶金林品牌打响，他家茶叶加工厂的机器不断得到添置和完善，规模也越来越大。

我们正说话间，来了一伙投宿的客人，150客栈客满，他们就到茶山金林客栈住宿了。告别金林客栈，夜色深沉。小罗开车带我赶往老姆登村，他要带我去品尝另外一种品牌的老姆登茶，这是老姆登村唯一加工饼茶的人家。

灯光亮堂，一个收拾干净的农家小院，加工车间晾晒着一大簸箕又一大簸箕茶叶。侧边有个品茶室，茶具齐全。墙柜上摆满老姆登蓝海茶，有包装盒的，也有大饼小饼茶。空心砖墙三面开着大方的露地窗，高大的核桃树把这雅致的品茶室抱在怀里。主人李海戴着一顶草帽，正与一位村民闲聊。长条形的木桌，茶道，茶室，加之主人茶道功夫，我怀疑自己是否走错了地方，眼前这个优雅地给我们倒茶水的人，是只有小学文化程度的老姆登茶农吗?

1998 年，10 多岁的李海到茶山投奔和大林，在和大林的加工厂打工。李海什么活都干，薅茶叶地的草，采摘茶叶，加工茶叶。当时，陆金与和大林担任州经作站老姆登茶加工厂的管理员。和大林离开州经作站茶叶加工厂，自己创建茶产业，建盖高山茶厂，李海跟随和大林，到高山茶厂里干活。在高山茶厂干活的六七年时间里，李海学到茶叶种植及加工技术，还练就了销售本领，他滋生了离开高山茶厂，自己当老板的念头。他的想法得到了和大林的支持和鼓励。2015 年，李海告别和大林，回到老姆登村家里，着手建厂房。他买了一台揉捻机，先做红茶，把红茶压饼出售，成为老姆登村首个加工饼茶的人家。他打出了老姆登茶蓝海品牌。翌年，他加工晒红茶。两年后，李海的茶叶生意积攒到了一定的资金，他买了加工绿茶的机器，而压饼机器直到 2019 年才有能力购买，之前的压饼基本上是通过人力来做。绿茶保质期 2 年，红茶 2 年或 3 年，而晒红茶压饼后，保质期可以达 3 年。李海倾向于做红茶压饼，也是因保质期长。他与和大林的说法一致，都说晒红茶第二年好喝。

老姆登茶汤色透亮，犹如琥珀或玉石，在灯光中诱人。夜色如水，我似乎听到了核桃树的感叹声，我们闲聊，核桃树是忠实的听众。李海不断调换茶叶品种，让我把老姆登茶蓝海品牌系列都品尝一下。这一晚，我不知道喝了多少蓝海茶水，流连舌尖上的茶文化，令我回味老姆登村茶产业的可喜成绩。

茶产业成了老姆登村的支柱产业，目前，种植茶叶的农户有200多家，面积达3600亩，可采摘面积2000多亩，随之发展壮大起来的形成规模的茶叶加工厂5家，茶叶加工小作坊11家，成立茶叶合作社5家。通过积极探索制作工艺，截至目前已有炒青绿茶、晒青茶、晒青绿茶、晒青红茶、晒红茶等品种，茶农户均收入达20000元，约占全村总收入的50%。

从州经作站开发老姆登茶，培训和历练了老姆登村和大林、陆金等这样的茶产业能人，他们带动和影响了如李海一样的年轻茶农，并成长为新一代老姆登茶产业能人。老姆登茶产业的不断发展和壮大，犹如滚雪球，通过一代又一代老姆登村人的不断努力，雪球越滚越大。

福贡县主打的产业有草果和老姆登茶。老一代茶农对新一代茶农的影响，除了李海的蓝海品牌这个例子，还有普洛村的寒丹茶。寒丹茶是普洛村达科小组胡利三创建的老姆登茶品牌。胡利三是寒门子弟，这位怒族小伙子外出打工几年后，回到故乡发展，在匹河街开了哈尼西影音公司，一边开照相馆，一边卖杂货，还兼做越野车观光旅游服务业。老姆登金林茶品牌创建人和金林时常到哈尼西影音公司打印材料和洗印照片。和金林鼓励胡利三做茶叶生意，开发普洛村的茶产业，并给他讲述茶产业的前景，说得胡利三心动了。2015 年初，胡利三从哈达小组村民那里流转了 30 多亩荒废的老茶园和闲置的荒地，组织 5 家建档立卡户成立了福贡寒丹生态茶种植专业合作社，注册了“寒丹”品牌，请工修复老茶园，开垦新茶园，建了茶叶加工厂房，加入茶产业队伍里。他流转土地的成本不高，但建设茶叶加工厂房的成本较高，由于交通不便，建设材料靠马帮从匹河街驮运到哈达小组，成本价翻了几倍。胡利三建设茶叶加工厂，激发了村民们的信心，主动开垦和种植茶叶地。在胡利三的带动下，哈达小组种植茶叶地在 2019 年达到 1000 多亩。胡利三的茶园请工采茶，一年中可提供 120天左右的工期，而茶园春秋两季除草需要临时用工 100 多人次。在胡利三茶园打工，等于在家门口打工，方便了普洛村的村民。

从老姆登村集体初种植茶叶地不足百亩到现今几千亩，形成规模的茶叶加工厂，开发的品牌有老姆登茶、老姆登陆金茶、老姆登高山茶、老姆登金林茶、老姆登 150 纳珈，成就了老姆登村新一代茶人陆金、和大林、和金林、郁伍林等，他们不仅是老姆登茶农，也是老姆登茶文化传播者。老姆登品牌茶目前拥有一个地理标志、两个有机认证，即怒江州经济作物管理站所持有的中华人民共和国农产品地理标志证书、怒江州经济作物产品开发有限责任公司拥有的有机产品认证证书、福贡县匹河乡老姆登“怒舅山”高山茶厂拥有的有机产品认证证书。

行走老姆登茶山，茶是人生，禅也是人生。

读150客栈

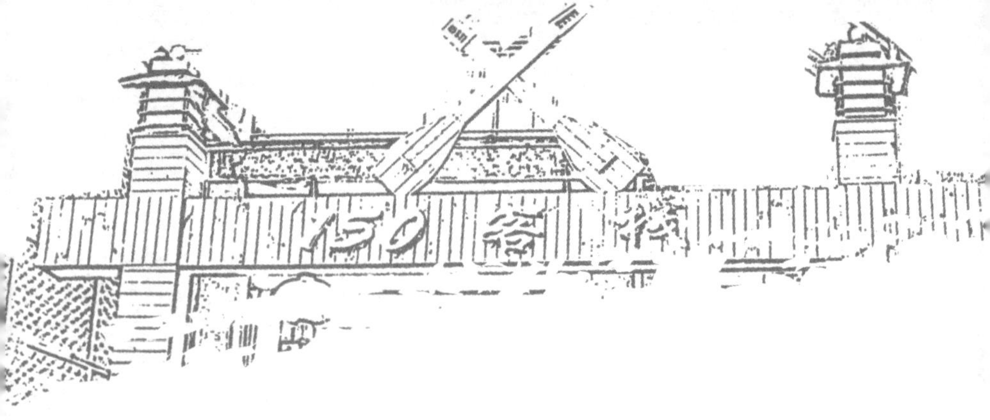

站在阳台上，欣赏雨后的皇冠山晨景，雾就像调皮的孩子，衣裙飘飘地缠绕皇冠山。被雨洗过的村庄露出清秀容颜，公路拐来拐去地在山梁上留下不规则的符号，大怒江若隐若现。谷底源源不断地输送雾，高黎贡山最高峰上的“皇冠”清晰，山谷里的村庄清晰，“皇冠”与村庄周围朦胧。渐渐地，村庄、“皇冠”不见了，雾蒙蒙一片。雾就像温柔的蚕，把大地当作桑叶，刷刷地吃着，向着老姆登涌了过来。观景台上的人和小吃摊在雾中难辨，阳台置身在雾海里，我也变成了“桑叶”的一部分，进入了雾的肚子里。

走出150客栈大门，我在写着“老姆登怒族特色村寨”的石头前站了几分钟。雾大，石头上的字显得虚化。走上石头背后的小路，经过达比亚广场和教堂，我往150老客栈走去。150是郁伍林名字的谐音，郁伍林是老姆登村最早开办客栈的人。其客栈有两处，一处挨近村委会，开办时间较早，姑且称为150老客栈，一处挨近观景台，姑且称为150新客栈。我住在150新客栈里，宿舍阳台面对皇冠山和怒江大峡谷。

150老客栈保存了完整的怒族建筑风格，千脚落地、篱笆围墙、木地板、火塘，火塘上方烟熏火燎的架子上挂着的腊肉，还有篱笆墙上装饰性的小背篓等，处处入镜头。坐在火塘边闲聊，有福贡县怒族学会会长曲路、达比亚省级非遗传承人波金山，还有郁伍林的母亲和我。我们谈话正酣，郁伍林走了进来。虽久仰郁伍林大名，我还是首次见到他。他身材高大，一双大眼有神，戴着怒族头套，穿着休闲家居衣服，随和而又亲切。

厨房与火塘所在的这间房相连，有人正在剁肉。时常有人出入火塘房与厨房，有点吵。郁伍林招呼我们到外面喝茶，我们的交流地点从火塘边移到露台上。

郁伍林是怒族民歌“哦得得”省级非遗传承人。

四位文学艺术爱好者围坐在一起，由怒族乐器达比亚和怒族经典民歌《哦得得》说起，再侃到150客栈，说不完的话题。皇冠山景色入眼，我不时被吸引了注意力。老姆登村的房屋一律背靠碧罗雪山，面向皇冠山，处处风景如画。走在老姆登村，无论哪一个角度都走不出皇冠山的视野。在150老客栈喝茶，无异于坐在观景台上欣赏怒江大峡谷的壮美风光，拥抱皇冠山。茶是老姆登出产的高山生态优质茶，是郁伍林茶厂生产的。品茗茶，从内心生发的感慨就像一缕雾，袅袅娜娜亲近皇冠山。

150客栈

我不止一次来过老姆登村，但入住150客栈还是第一次。在网络上读到有关150客栈的篇章较多，心生好奇和向往，想见见郁伍林，终于付诸行动。我来时正值谷雨时节，布谷催耕，春雨绵绵，皇冠山上雾霭蒙蒙。150老客栈接待了一拨又一拨客人，以至换洗的被褥因天气原因晒不干，备用的都用上了，无法接待我这个慕名而来的人，被安排到新客栈里。老客栈有8间客房，紧挨着父辈传给郁伍林的老房子。住在老客栈，可以亲近火塘，方便倾听火塘边传承的怒族创世纪，感触怒族古老的民居气息，品味舌尖上的怒族文化，还可以随时采访郁伍林。他是个忙人，采

150 客栈的客房

访他要见缝插针才行。未能如愿在老客栈住宿，我的遗憾可想而知。新客栈有 24 间客房，入住其中与入住都市酒店没有啥区别，所幸我住在观景房里，坐在床上就能看到皇冠山。凝视皇冠山上的雾，与心目中的神灵无声对话。走出房间，站在阳台上，呈现眼前的又是另一番辽阔壮美的怒江大峡谷景致。

逗留老姆登村，我时常被皇冠山和云雾迷住。云雾有时聚成一线，犹如哈达般敬献给皇冠山，有时碎散开了，犹如仙女般翩翩起舞，有时钻入“皇冠”里，犹如炊烟从皇冠山上袅袅飘升。皇冠山威严，云雾多情，早中晚有不同的表情和舞步上演。谷底的云雾如怒江水流动，凝如羊脂玉。两岸高黎贡山和碧罗雪山峰峦连绵不绝，道不尽风光旖旎，阅不尽山的伟岸。老姆登村风纯净，融入自然山水和村民间，令人心旷神怡。

老姆登村依山势而建，以教堂边的鱼塘为中心，民居紧挨着民居，犹如花瓣向四周绽放。这个坐落在碧罗雪山怀抱的怒族聚居村，背靠的山被村民称为神山。从美丽公路分岔而来的村级硬化公路经过老姆登村，向着被世人号称“记忆之城”的知子罗而去。观景公路连接着进村公路，在老姆登村迂回曲折地向着神山而去，到了神山脚下，观景公路变成了步栈道，在密林间穿行，顺山势攀缘而上，直达茶山，穿过茶林到达知子罗。

现代观光旅游的老姆登村，与一张旧照片上的老姆登村天壤之别。旧时，老姆登村渔塘边没有教堂，一丘又一丘梯田往山谷延伸，鱼塘背靠神山的方向，以郁伍林家千脚落地的木板房为中心，稀稀落落地散居着几间千脚落地茅草房，在郁伍林家附近的村委会所在地是一间平房。郁伍林家旧房到水塘之间是三两丘梯田和一块旱地。水塘孤立在田野间，就像一颗蓝色的明珠，又像山神掉落的一滴眼泪。

说起 150 客栈，还得从 20 多年前说起。

1996 年，上海中华民族大观园迎来了一批云南人，他们代表 26 个民族来此打工，郁伍林是其中之一，他代表怒族。鲁冰花也是其中的一员，她代表独龙族。两个年轻人在上海相识、相知、相爱。两年后，两人携手回到怒江。郁伍林把鲁冰花娶进家门，给妻子准备的新房就是几代人居住过的千脚落地木板房。老房子没有啥值钱的东西，只有火塘的温暖和家人温馨的爱。

虽然郁伍林夫妇到上海打工见过世面，但一开始并没想过开客栈。山外来客到老姆登，未及返回，近便到郁伍林家借宿。有人在村里问路咨询，往往被介绍到郁伍林家。郁伍林与妻子鲁冰花热情好客，拿出干净的床单铺在床上，安顿借宿者，家里有啥吃的拿出来给客人吃，从未想过向客人收取费用。客人走后，他们收拾床铺时，在枕头下，在摇篮边发现客人留下的钱和纸条。客人建议郁伍林家经营客栈，慢慢地做，不仅方便客人食宿，也有收入可以改善生活现状。

祖辈父辈以农业生产为主，种苞谷，养猪养鸡，最大的愿望就是风调雨顺，庄稼有好收成，粮食装满柜子，一年吃粮不发愁，一家人平平安安。子承父业的郁伍林夫妇压根没有想到办客栈，只想老老实实耪田种地，但在山外来客的不断怂恿下，他开始尝试办客栈。随着旅游发展理念深入人心，政府部门加大了对老姆登村的扶贫力度，给老姆登村修路、引水。来老姆登的游客越来越多，村民们看到郁伍林家开办客栈生意红火，也陆续有人效仿开办客栈。2007 年，老姆登村 5 家客栈受到政府扶持，郁伍林家便是其中之一。他在老屋旁边盖了石棉瓦平房。作为怒族人，郁伍林酷爱本民族文化，他不愿拆掉老房子，留下几代人记忆的老房子，那是怒族文化的活标本，他想留着作纪念。

随着旅游的发展，郁伍林家的客栈无法满足慕名投宿的游客。

↑茶味人生

↓文艺交流

2012年，一些外来游客在150客栈住宿，被郁伍林的朴实感动，与之成了朋友。他们建议郁伍林客栈要重新建设，扩大规模，建成标间，并表示愿意借资金给郁伍林。乡政府和州县旅游局也对郁伍林进行了扶持。在政府的有力助推和好心人的帮助下，郁伍林把平房掀掉，重新建盖了三层楼高的水泥楼房。重建后的客栈房间带卫生间，极大地方便了旅客。在郁伍林看来，怒族客栈如果没有了怒族特有的建筑，只有篱笆装饰外墙的现代化建筑高楼，虽然房间里设施齐全，但缺少千脚落地的木板房作陪衬，旅游业会失去灵魂。郁伍林便在经营的客栈里植入了民族文化元素，吸引更多游客慕名而来。

来老姆登旅游的游客越来越多，村里的客栈也越来越多。2015 年，郁伍林在北京朋友的建议下，在观景台附近修建 150 新客栈。修建 150 新客栈得到了政府强有力的支持，郁伍林贷款由政府担保。新客栈的修建，使得郁伍林的客栈生意越做越大，解决了部分亲戚就业问题。

在 150 客栈的带动下，老姆登村截至 2020 年 5 月前有了 18 家客栈。老姆登村客栈多了，但并不存在恶性竞争的情况，游客来了，喜欢去哪家住宿就去哪家，没有哪家客栈主动拉客。谁家客人多忙不过来，别的客栈就会来帮忙。遇到客多住不下时，彼此间还会互相介绍客源。客栈还带动了另一拨做生意的村民，在观景台摆摊的多了起来，出售土特产和凉粉。美丽公路修好后，客栈收入翻倍增长，摆摊村民的收入也越来越多，尤其是黄金周时，摆摊一天能卖出两三千元的东西。客栈生意带动了村民的内生动力，养猪的、养鸡的、种菜的多了起来。在家门口打工和做生意，能更好地照顾老人和孩子。以前羞于与人交易的怒族人，如今落落大方地做起了生意。

郁伍林热爱本民族文化，他谦虚地向年老的民间艺人拜师学习，与他们交流，“达比亚”、口弦，他都会熟练弹奏。2014 年，郁伍林当上了省级非遗传承人。当他弹起“达比亚”，唱起“哦得得”，浑厚圆润的歌声令人不由想起奔腾的怒江。作为“哦得得”省级非遗传承人，郁伍林时常代表怒族去参加文化交流活动，到北京、珠海等地演出。

郁伍林通过客栈生意带动怒族文化的传播和交流，并给建档立卡户创造就业机会。波金山家住沙瓦，他是“哦得得”省级非遗传承人，他家是建档立卡户，他时常到150客栈给游客表演节目，每天收入200元。他与郁伍林不仅是师徒，更是舞台演出的好搭档。两人配合默契，时常给爱好怒族文化的孩子们传授“达比亚”“哦得得”，把怒族民间文艺发扬光大。

老姆登村除了客栈产业引人注目外，还有茶产业同样引人注目。2014年，郁伍林注册了郁伍林茶叶种植合作社，有5户社员，生产的茶叫老姆登150纳珈。他们自己炒茶叶，自己包装，作为土特产放在客栈出售，放在客房供客人品尝。郁伍林茶叶生意得以拓展，得益于旅游业的红火。游客到老姆登游览，目睹高山生态茶，见到他们炒茶的工艺，且通过品茶，觉得老姆登的茶好，入住150客栈后就会购买茶叶，送给亲朋好友。郁伍林茶叶种植合作社以加工红茶为主，社员们各炒各的茶，由150客栈出售。由于天气及人工等原因，有的茶炒得好，有的茶炒得稍差一些，令饮茶者口感不一，随着茶叶购买量大起来后，购买方为此提出意见。收购鲜叶，统一加工，这是郁伍林茶叶种植合作社必走的路。

2018年，一位杭州娱乐公司的老总来到老姆登旅游。机缘巧合，这位杭州老总与郁伍林茶叶种植合作社合作，由杭州方出资在老姆登建一个工厂，郁伍林茶叶种植专业合作社负责茶叶生产，杭州方负责包装销售，两家合营中，郁伍林茶叶种植专业合作社拥有10%股份。茶厂建起来后，由郁伍林负责，于2019年生产茶

夫妻共舞

叶，而合作社在原来的基础上又增加了20多户社员。茶厂以10元一斤收购社员采摘的鲜茶叶，到年底，每户社员出售给茶厂的鲜茶叶每斤增加1元鲜叶费。2020年，全民动员新冠肺炎疫情防控进行封村管理期间，郁伍林的茶产业因此受到影响，有800多斤茶叶没卖完。“我一个人富不行，大家共同富裕才行”，郁伍林发自内心的朴实话语，引人共鸣。

在露台上喝工夫茶，我正想对忙着倒茶水的郁伍林说，请给我们唱“哦得得”吧。话未说出口，他接到电话，省农业厅的人来他的茶厂视察，已到老姆登村。接完电话，他急匆匆地迎接客人去了。作为农业经济扶持，省农业厅拨款50万元，扶持郁伍林茶叶种植合作社的茶厂，在原有设备不足的基础上添置一些设备，扩大经营范围，更好地带动老姆登群众致富。望着远去的背影，我为这位乡村能人感到自豪。在怒江乡村，如郁伍林般的产业带头人还有很多，他们忙碌在脱贫攻坚的战场上，为建设家乡添砖加瓦。

雨淅淅沥沥，下个不停。夜晚，在150客栈听雨，别有风趣。我走到阳台上看皇冠山，夜色浓，眼前只有屋檐上跌落的雨丝，别的什么也看不清楚，但我感受到了皇冠山的呼吸，感触到了雨帘深处的云雾也如我一样在听雨。

布谷，布谷，意念所到之处，响着布谷鸟的鸣声。

夜色老姆登

一

夜色来袭，浅黄的云隐藏着无数的手，拉扯月亮。月亮想努力地钻出云层，这样的夜景恰恰给人一种黏稠的感觉，怒族山寨老姆登的夜有着说不清楚的粘连。斜倚着竹阳台的护栏，我融入微凉的夜色里，心随着高黎贡山的峰峦走势游向皇冠山，将山顶的“皇冠”剪影拓片。风从谷底的怒江爬上来，抚摸着教堂的十字架。灯光稀疏地散落在寨子里，在低矮的屋檐下昏昏欲睡。阳台上摆放着一张小木桌，胡乱放着月饼和水果，两位前辈在桌边品茶闲聊。离桌不远，来自北京的两位年轻人支开三脚架打开相机镜头盖，静候月亮现身。

“阿里当里当子里，当子里，阿里洛里洛子来，洛子来。撒见来波撒见来，撒见来，逆迟来波逆迟来，逆迟来……”[①]里屋传出店主娅珍热情奔放的歌声，怒江酒歌的旋律裹着竹屋，又四散在老姆登夜幕里。三条乖巧可爱的狗趴伏在一隅，静听主人歌唱。熟悉的旋律让我不想待在自我里，坐回桌边与两位前辈闲话。

“它兰一似波，干念似来波。怒哇兰依干念似，哇哝念玛当……”一位游客随着娅珍的歌声哼唱着从竹楼外走来，不留意踩了一条狗的尾巴，狗不满地发出低声抗议，身子往角落里缩了缩。游客蹲下身，用手轻撸狗头以示歉意。狗耳朵扇了扇，温顺地耷拉下了眼。

“月亮出来了！”两位年轻人激动地欢呼起来，一口好听的京腔普通话。

黏稠的云隐到山角落里，天空变得湛蓝，一轮素净的圆月高挂在老姆登上空，竹楼、独木楼梯以及篱笆墙清晰在眼眸里，月光下的寨子安静祥和。山峦镀上蓝色，皇冠山就像一位多情的王子，在怒江畔吟咏令人意乱情迷的诗句。烟岚淡淡，月色中的怒江大峡谷，山不再是冷峻的了，流水柔情伴着山影，淡墨写意在诗情里。

娅珍关了电视，站在阳台上与大伙赏月。这是中秋节后的第一个夜晚，几个来自不同地方不同民族的旅者相遇在怒族山寨娅珍家的竹楼里，激动地把月亮品读。

---

① 怒江酒歌，其歌词是傈僳语，歌词大意：今天是个美好的日子，在这美好的时刻，我们忘记一切烦恼，放弃一切顾虑，无拘无束，尽情地欢乐。请尽情地跳舞、唱歌、喝酒吧，想怎么高兴就怎么高兴，想怎么开心就怎么开心，忘记所有的不愉快，只有开心和快乐！

“月亮在，月光在，中秋在上，祝福在下，你在我圆圆的心尖。”一条短信正好与教堂的钟声不期而至，“当，当，当”，一下又一下撞击人的心灵，诵经声一波接着一波，在山谷里滚动，大怒江扬起祝福的波涛。千山托举的祝福让我心田封冻的冰块融化，秋声摇树，我的血液汩汩流淌春水。悄悄抹去滑落脸颊的眼泪，目光越过高黎贡山，蓝色月光无边无际，不知何处寻觅希冀的身影。冰凉的手心渐渐温热了起来，月夜的清冷被遥遥而至的深情焐暖。

从老姆登到怒江峡谷的谷底，顺着怒江而行，傍着天然屏障高黎贡山，沿着当年马帮遗留的马蹄凹槽，走上博南古道，翻写蜀身毒道的历史；从老姆登往碧罗雪山走，沿着澜沧江峡谷，过盐路山，寻找白族祖先昆明蛮的足迹，醉在澜沧江支流沘江与濞江盐泉富集的两河流域文化里……文字的触须在滇西古道潜行，孤独行走在山谷里的背影是我自己的背影，我怀藏的背影在月亮之上。

怒族人没有姓，女的名字一律以“娅”开头，意为“小鸡般的可爱”，男的名字以“腊”开头，意为“像老虎一样凶猛”。

娅珍便是“可爱的小鸡”。娅珍安静地坐在我的身边，披着蓝色月光，像一只温柔而又可爱的蓝色小鸡。两位前辈中的一人曾经在知子罗工作过，他向大家讲起知子罗的辉煌历史，这是怒江州赫赫有名的“废城”，这里不仅有“文化大革命”时期的遗迹，还曾经是怒江傈僳族自治州的州府所在地，也曾经是原碧江县县

老姆登村的神山

城所在地。在知子罗行走，我没有“瘦死的骆驼比马大”的感慨，知子罗在我的眼里，一点也没有“城”的痕迹，倒是“废”得名副其实。老姆登是一个不起眼的山寨，坐落在山腰上，其地理位置是观赏怒江大峡谷风貌的最好看台，雾锁山岚的景致使这个怒族山寨拥有了世外桃源的美称。在老姆登夜话，却说着知子罗往事，两个村名，同一种情结。

快乐的娅珍有个美丽的女儿，在州府六库城里读书。娅珍绝口不提当家男主人，遇到好事的游客寻问，她淡然一笑说“出远门了”。娅珍有一大摞引以为自豪的书籍，其中摄影作品集居多，书的扉页上签着大江南北的手迹，有名家，也有一般的作者。竹楼的墙上挂着一块“昆明摄影家协会影视创作基地”的牌子，娅珍如数家珍跟旅客说起某个人……这样的月夜，娅珍心头定然流淌着一江思念，才会突然间安静得像一个温柔而又可爱的蓝色小鸡。

月色朗朗，北方来的客人收起了相机，坐到桌边加入闲话里。月亮越过娅珍家的竹楼往皇冠山而去，天更蓝了，高黎贡山峰峦脉络清晰，大地更加辽阔深远。我伸出双手，掬住蓝色月亮，怒族山寨的月语从手心浸入血脉，弹拨心室隐藏的琴弦。

“撒见布汁夺干来，夺干来。逆迟嫩汁能干来，能干来。撒见刮克克干来，克干来……”我深情地唱起了怒江酒歌。娅珍和游客跟着唱了起来，两位长者敲击桌面以示伴奏，来自京城的两位年轻人鼓起了掌。

三条狗安静在蓝色月光里，自始至终没有吠一声。

二

雨水说来就来了，“哗啦啦”洗刷着老姆登村，皇冠山蒙上水汽，在烟雨朦胧里隐约浮现出伟岸的身躯。

老姆登客栈，从住处到吃饭的地方，才五六步的距离，伞被雨水浸泡。我站在门口甩伞上的雨珠，感到有点冷，拉上了外衣拉链。进屋把雨伞搁在桌上，从背包里取出杯子，想倒杯水热热地喝上一口。

“要喝茶吗？”客栈主人李小荣腰系围腰，笑脸迎出来，热情地问。

“是老姆登茶吗？”我多此一举问道。

“是的。”他眉眼间笑意更浓了。

雨时断时续。捂着一杯茶香，静静听雨，我不由想起了首次老姆登行，坐在怒族人家客栈走廊上，给自己泡了一杯老姆登茶，就着袅袅茶香观赏怒江大峡谷的月色，蓝色的天空、蓝色的月亮、蓝色的皇冠山、蓝色的经诵、蓝色的思念，天地万物都浸润在蓝色里，纯净透明。再次到老姆登，当我从知子罗匆匆赶来时已是暮色黄昏。前方传来手风琴声，一位从丽江来知子罗支边的退休教师，正背对着皇冠山拉手风琴。当年拉手风琴的人，现今安在否？他的妻子是目不识丁的怒族女子，他用一生守护着两人间朴实的情感。不知他们的孩子是否也在老姆登开办客栈？我没有刻意寻找老姆登的记忆。多年没来，惊讶这个地处碧罗雪山半山腰的怒族小山村，旅游业如火如荼，客栈如雨后春笋，且一家比一家建盖得好。散发木头清香的房间里，标间设备完好，液晶电视、免费无线上网，这些话酷似打广告，于我而言，只是记载了时下老姆登新生事物，点滴佐证这个怒族村与时俱进的变化。

雨小了下来，我撑伞往教堂走去。半路上，雨停了。皇冠山刚洗过一把脸，耳目一新。高黎贡山最高的山峰顶着“皇冠”，成为教堂的背景。由皇冠峰往左或往右，无论视线怎么看，山峦走势就像仰面朝天睡着的巨人。教堂下面是怒族风情广场，竖立的石碑上，对“怒族”“达比亚”“如密期”做了简介。我们来老姆登前一个月，村里举办如密期开春节。“达比亚”是怒族特有的乐

快乐的怒族人家

器，“如密期”是怒族特有的原始宗教祭祀活动。在老姆登村，如果你只是个匆匆过客，没能有机会体验当地人的生活，那么请到广场走一走，到教堂看一看，到客栈住一晚，这样对怒族特色村寨或深或浅都会有个印象。

广场下面是茶园，怒族小伙子国志成忙着采茶叶。他家的茶叶地有四亩。我进入茶叶地，边帮他采茶边问他一些事。他一边飞快地采着茶叶，一边介绍说，这是春茶。如果手快一些，每天可以采摘茶叶 30 斤左右。采摘下来的茶叶送去加工厂，每斤可卖 8 元。自己需要的茶叶自己加工，除此之外都送去茶叶加工厂了。老姆登茶叶有红茶、绿茶之分，全手工加工茶叶的话，每斤 600 元，如果是机器加工，绿茶 300 元一斤，红茶 400 元一斤。

夜幕低垂，雨又淅淅沥沥下了起来。李小荣给我们泡了一壶老姆登茶，文朋诗友围坐一起喝茶闲聊。茶香弥漫，温暖入心，雨夜的寒冷不知不觉散了。一位老兄给我们讲述其少年家贫却立志上大学的故事，当年那个衣衫褴褛的乡下孩子，曾在省城大学校园门口被门卫当作叫花子拦在门外，他的求学之路让我们唏嘘不已。大伙谈兴正浓，客栈老板李小荣来给我们续水。我与李小荣交谈不多，但他给我留下较深的印象。我到老姆登，前夕，读到一篇写老姆登客栈的文章，其中描述客栈老板李小荣的简短片段给我印象较深。这位肤色微黝、长得五大三粗的怒族汉子，心细如发，肢体语言丰富，是位可爱的人。闻名不如一见，果真如此。

老姆登茶是怒江出产的高山生态茶，品质优良，深受饮茶者喜爱。开发老姆登茶，凝聚了一代怒江科技工作者的心血，也寄托着一代又一代老姆登人小康致富的梦想。老姆登村雨夜里，几位怒江文学爱好者回忆儿时往事，感慨怒江人现今生活翻天覆地的变化，而话题最多的是精准扶贫攻坚。这样的夜晚，品味老姆登茶，或许心情所致，觉得比平时更有滋味。

李小荣深情地说起父亲。他的父亲是一位在当地颇有名气的怒族老医师，精通中医草药，擅长医治骨伤和跌打损伤，以精湛医术救助了无数病患乡亲。说起老姆登茶，与李小荣父亲有着渊源关系。20 世纪 60 年代，原碧江县商业局派李小荣的父亲和一位职工到丽江地区永胜县学习茶叶栽种技术。学成归来，李小荣的父亲根据老姆登的气候特点，因地制宜栽培茶苗。次年，碧江县商业局又派人带着李小荣的父亲到巨甸学习茶叶加工技术，学习砖茶、散茶的加工方法。李小荣的父亲由一个民间医生成长为老姆登茶第一代种植及加工技术员。在县商业局等有关部门大力支持和他自己的努力下，老姆登茶种植面积逐渐扩大，所产老姆登茶逐步走向市场。时光荏苒，前人背影已经遥远，但在老姆登客栈品味老姆登茶，回想老姆登茶的种植及加工历史，我对李小荣的父亲充满了由衷的敬佩。

李小荣夫妻开办的客栈名为“老姆登客栈”，我想，这出于家园情结外，还有对老姆登茶叶的历史追溯。开办客栈之前，李小荣做过许多工作，时常跑运输。他是改革开放的春风吹遍大江南北后成长起来的新一代怒族人。自己没能跟父亲学医，没能把父亲的医学绝活传承下来，他是有点遗憾，但他欣慰地告诉我，老父亲把他的中医技艺传给了姐姐，姐姐也是一位怒族民间小有名气的医生。

老姆登与知子罗相距 3000 米，我曾坐车从老姆登到知子罗再到茶山参观。山坡上，一株又一株碧绿的茶树，屹立在怒族采茶女的歌谣中。皇冠山上的白云，缕缕蔓延在蓝色天空，想要拴住回荡在高山峡谷的天籁音符。我采了嫩嫩的茶叶放入嘴里咀嚼，品味舌尖上的丝丝甘甜，津津倾听老姆登茶农讲述加入茶叶种植专业合作社后的收益。在茶叶加工厂的包装线旁，感受新时代农民的新理念，奔涌内心的情愫只能借助笔杆，唱出一位怒江女子的心声。

夜阑人散。我给杯子续满水，回到住处，打开杯盖，袅袅茶

↑广场雕塑

↓老姆登教堂

香弥散室内。枕着雨声入眠，梦乡里飘满茶叶。

晨起，山雨绵绵。我倒掉隔夜茶，重新泡了一杯老姆登茶，用力吸了几口茶香，眼光望向皇冠山，晨雾就像舞姿翩翩的怒族少女。我们坐车去知子罗，同伴们要上茶山，我在八角楼前下了车，打着伞在雨中漫步，慢慢地在“记忆之城”里寻找历史足迹。知子罗是怒江大峡谷进入澜沧江峡谷的通道，是怒江茶马古道上重要的驿站，曾是怒江州府及碧江县城所在地。20 世纪 70 年代，怒江州府迁到泸水县六库镇，进入 80 年代中期，碧江县撤销县制。碧江县撤销后，辖地一部分归入泸水县，一部分归入福贡县，匹河乡归属福贡县，所以，现今的老姆登、知子罗在福贡县版图内。

细雨敲打青石板路面。走在湿漉漉的青石板上，思绪就像自由的山风。在一堵土墙旁边，我遇到了两个早起的怒族女子，她们背着篓，披着塑料布，裤脚高绾，说笑着从我身边经过。我跟她们打招呼，她们说要去茶场打工。望着远去的背影，我突然想起在老姆登客栈泡的老姆登茶，赶紧从背包里取出茶杯，旋开杯盖，美美地喝了起来。

欢乐的达比亚

一

走在怒族聚居区，时常见到路标做成达比亚形状。走进怒族人家，无论嫁娶或丧葬，无论火塘边闲聊或广场文化舞蹈，都能见到达比亚。甚至在崎岖山路上遇见负重前行的怒族人，也会看见对方随身携带一把达比亚。坐在山坡上休憩，弹奏一曲达比亚，与山风悄语，与大山对歌，疲累顿消。弹拨达比亚的民间艺人憨厚地告诉我，只要一弹拨达比亚，人也就年轻几岁了。

达比亚是怒族话，意为琵琶。傈僳族把琵琶称为起奔，白族称为四弦琴，彝族称为月琴。达比亚是怒族古老的弹拨乐器，作为舞蹈伴奏和自娱性演奏工具。在不同的民间故事版本中，与达比亚相伴相行的是口弦，怒族话叫几咪。坐在怒族人家火塘边听民间艺人演奏达比亚，听他们讲述祖先口口相传的故事，达比亚和几咪的关系，就像女娲创造人类，有了男人必然有女人。世间万物，有阳必有阴，阴阳五行相生相克，构成勃勃生机。达比亚和几咪的关系，自然就与爱情有关。爱情是文学作品中永恒的话题，也是民族创世纪中不离不弃的话题。作为怒族最古老的乐器，达比亚和几咪起源于男女谈情说爱时用来传递心音的工具。幽会的男女青年不用语言表白，而是通过达比亚与几咪用旋律表白。达比亚普遍用于怒族人的生产生活中，人们用达比亚表达内心的语言和情绪，再现情境，故达比亚演奏出来的旋律又被人们称为话音。

漫步怒族特色村寨老姆登村，在达比亚广场上与村民们欢跳达比亚舞，思绪就像达比亚调子，在民间艺人波金山给我们讲述的故事里弹拨。谁也说不清楚这是啥年代的故事，祖宗在火塘边给后辈人讲述的先民故事，一代又一代口口相传，用“相传很久很久以前”，或者用“过去”一词，一下子就缩短了几百几千年的时间。

有这么一家人，日子不富有，房子比千脚落地茅草房还简陋，男主人留着辫子，麻布裹体，光着脚。他家收留了一个孤儿。有一天，孤儿帮主人家去山上放牛。放牛的日子孤独寂寞，只有山风陪伴。他百无聊赖地嚼吃有甜味的高粱秆，在剥高粱秆皮时，无意间弹拨高粱皮，发出一种声音，觉得好听。当时，除了大自然发出的声音，除了家畜和野兽的号叫声，除了鸟鸣，怒族人没有啥乐器。孤儿受到高粱皮的影响，制作了乐器达比亚。

蓑衣是怒族人的日常用品。生产生活中，蓑衣不仅用来遮风避雨，白天背东西可以用蓑衣垫背，晚上用蓑衣当垫褥或被盖。有一个夜晚，孤儿从蓑衣抽取棕毛，拿在手里弹拨着玩，棕毛发出音响，他觉得好听，受此启发，制作了达比亚。

高粱皮也好，棕毛也好，两个版本的故事都有个共同的续接。孤儿爱上了主人的女儿，他不能当主人的面约会心上人，更不能在主人面前向心上人表白。主人家的茅草房用篱笆当墙，没有隔音效果，两个青年人想说什么话，无法表达。孤儿在篱笆墙上弹拨竹篾片，向心上人传递爱慕的话语，传达约会信息。受弹拨竹篾片影响，孤儿制作了几咪（口弦）送给心上人。从此两人约会，男的用达比亚，女的用几咪表达心语。

从达比亚的琴弦更换史上，可以管中窥豹怒族人的生活面貌的改变，由棕毛琴弦到羊肠子琴弦，再到现今的钢丝琴弦，小小一把四弦琴，诉说不尽怒族人民的心灵史和生活史、社会史。

20 世纪 50 年代，云南边疆民族地区发生“民主补

弹奏几咪（口弦）

课”，怒江还发生“裴霜假案”，两件事在怒江引发的余震不小，导致一些老百姓跑往邻国。有一天，有个傈僳族村寨开批斗会，几个村民弹拨起奔，其中有个人用琴音约伙伴们，明天一早我们几个跑去缅甸好吗？另一人用口弦答复，等我一天，我还没准备好粮食，没收拾好行李。第三天，这个村里十多个村民不见了。工作队员中有一人略懂琴言，恍悟到这些失踪的村民已经出境了。经此事后，怒族地区也不准弹拨达比亚了。没有了达比亚，人们缺少了娱乐的工具，人心于不知不觉中变得苍老。怒族人民能歌善舞，他们的日子中不能没有达比亚，日子的喜怒哀乐只有通过达比亚得以倾诉。没有达比亚，日子变得沉闷，有的人家冒着风险悄悄地弹拨达比亚。“文化大革命”后期，达比亚又回到了怒族人民中间，成了形影不离的好伙伴，山乡野岭时常响着达比亚旋律，村庄里时常看到人们弹着达比亚，跳着达比亚舞蹈。田间地头，人们干活休憩时，也会弹拨达比亚，吹奏几咪，跳起快乐的达比亚舞。

达比亚原先是三弦琴，后来演变成四弦琴，音色清脆、明亮，富有表现力。达比亚也有八弦琴，但极少见。八弦的达比亚音色响亮，回音绵绵不绝，给人的感觉就像对着如回音壁的大山高歌，大山回音不绝于耳一样。达比亚有十二种定弦法，可以弹出不同内容的怒族民间曲调。达比亚舞蹈是国家级非物质文化遗产项目，人们边弹着达比亚边跳着舞，形成怒族具有代表性的达比亚舞蹈，通过各种形象的动作及各种情绪的舞蹈语汇，反映生产规律、生活习性，模仿动物声音及形态，通过舞蹈和弹拨讲述祖先在怒江两岸的历史、生活等内容。达比亚舞蹈富有强烈的节奏感，动作有的豪放，有的原始古朴，有的细腻，清脆感人。我在知子罗达比亚广场上，看到有关达比亚的介绍，说达比亚舞蹈有近百个套路。但在150客栈，郁伍林肯定地答复我，达比亚舞蹈套路有80多个，这是达比亚广场建起后经过调查确定的。

难以忘怀舞台表演艺术中的达比亚风采，当怒族男子手持达比亚，唱着怒族经典情歌《哦得得》，边弹边跳着舞蹈向女子表达爱慕之情，女子拿着几咪，边唱边舞蹈着回应，心总是被热热地打动着，共鸣在怒族人民美好生活里。

二

人间四月芳菲天，但在这个被称为下村的地方，我没有看到一朵野花，满坡都是碧绿的核桃树，叶子舒展着，饱汲春雨。泥泞公路顺着山脊弯来折去，由高到低地深入半山腰核桃林深处，核桃林里隐藏着怒族村寨，这个村寨的全称叫作知子罗村下村小组。公路尽头是一座教堂。以教堂为中心，周边散落着千脚落地木板房，随着坡度或高或低分布。千脚落地就像千只手，紧紧地抓牢大地。村边有三两家水泥房。这个村寨除了三户未能易地扶贫搬迁外，其余都易地扶贫搬迁到知子罗安置点了。一户因父亲是工作人员而不是建档立卡户，没有易地扶贫搬迁；一户因属于城镇户口而不是建档立卡户，没有易地扶贫搬迁；一户因自建房而不愿易地扶贫搬迁。春耕时节，大多人家从易地扶贫搬迁安置点的新居回到作为生产房的旧居，下地干活，等地里的活做完，又回到易地扶贫搬迁的新居里生活。

友仕是退休职工，他家不是建档立卡户，没有搬迁。坐在火塘边，我对铁三角发生了浓厚兴趣。这个铁三角在我看来有点大得夸张，茶壶架在上面小得可怜。友仕是州级达比亚非遗传承人。他拿着两把达比亚让我们欣赏，一把有四根弦，一把有八根弦。我第一次见到八弦达比亚，之前所见的都是四根弦。两把达比亚都是他制作的。我对八弦达比亚产生了浓厚的兴趣，他即兴表演给我们听。他弹拨八弦达比亚时，旋律回响，给人有一种空谷回音的感觉。

叙述友仕作为民间艺人的成长过程，有必要回顾一下碧江县的小学和初中阶段的教育史。为此，从福贡县匹河乡进村入户走访回来后，我特意找来《云南省碧江县志》，细读其中的教育篇章，了解与友仕有关的那段历史。

民国二十五年（1936 年），碧江知子罗省立小学得以创建。时隔 11 年，碧江中心小学和知子罗省立小学合并。1954 年，省立小学改名碧江县第一完小，于 1958 年改名碧罗完小，1968 年改名红卫学校，学制由 6 年改为 5 年。翌年改为 7 年制（小学五年，初中二年），1975 年因有高中班改学制为 10 年。1979 年小学和初中分开，红卫学校恢复原名碧罗完小，第二年秋季，知子罗小学归并碧罗完小。

友仕出生于 1951 年。7 岁时，他背着书包到知子罗小学读书。知子罗小学是怒江傈僳族自治州成立后创办的村级小学。他读小

学时，正值国家经历“三年困难时期”。四年级生友仕吃不饱，肚子饿得咕咕叫，他无心听课，便逃学回家，被老师严厉批评了一顿后，友仕退学。

友仕在父亲的潜移默化影响下，对达比亚产生了浓厚兴趣，跟着父亲学习弹拨达比亚。用友仕的话说，他会弹达比亚，但那个时期，他弹拨达比亚的水平是滥竽充数，纯粹是爱好和简单会弹几声达比亚，不懂达比亚套路，不会跳达比亚舞。

1955 年，怒江州属第一所中学碧江中学在亚谷筹建，于 1957

年搬迁到碧江县城知子罗东面高坡台地的新校址。小学生毕业后，大多升入州属碧江中学读书。“文化大革命”爆发，有的教师被下放“五七”干校，有的被下放到农村劳动改造，学生一律遣散回家，碧江中学宣布解散。

1969 年，在为方便农民子女就近上学的思想指导下，在小学附设初中班，红卫小学率先开办初中班，实行小学五年、初中两年的七年一贯制。8 月里的一天，友仕读小学时的班主任刘正光突然出现在友仕家里，对他说：“友仕，现在办初中班，没有学生，你去读一下书吧。”友仕已经18岁了，在下村一社当记分员。经班主任苦口婆心动员，9月1日，友仕成了红卫小学初中班的一名学生。当时能上附设初中班的学生，个人出身成分必须是贫下中农子弟，友仕家成分是下中农。继红卫小学开办初中班后，俄嘎、俄夺罗、干本、抗大、果科、普乐等山村小学办了7所附设初中班，学制均为两年。当时的七年一贯制学校各自为政，课程不统一。

1968年12月22日，《人民日报》文章引述了毛主席指示：知识青年到农村去，接受贫下中农的再教育，很有必要。随即在全国开展了知识青年上山下乡运动。此上山下乡延续整整10个年头。在红卫小学读了两年附属初中班后，友仕于1971年9月1日毕业了。第二天，他到县委报到，被准假4天。友仕与4位同学被安排到匹河农具厂报到上班，成了一名工人。他们在匹河农具厂上班10天后，被单位派到丽江参加培训学习，友仕学的是翻砂模型。

有一天，友仕在丽江街上闲逛，听到达比亚琴声。他循声找去，竟与一位亲戚邂逅。这位亲戚是友仕的长辈，友仕叫他叔叔。叔叔是中村人。叔叔在怒江州农业局工作，被划成右派，来到丽江劳动改造。他乡遇故人，两人都很激动。自此，友仕时常去找叔叔玩，拿着叔叔的达比亚弹拨。半年时间转瞬过去，友仕在丽江培训学习结束了，回到匹河农具厂上班。友仕与舍滴是同事，[1]

① 舍滴是怒族名，他还有个教名为约尼亚。

舍滴是达比亚民间艺人，但“文化大革命”时期不准弹达比亚，友仕失去了拜师学习的机会。

改革开放的春风吹遍大江南北，不能弹达比亚的禁令得到解除，友仕制作了一把达比亚，时常到怒江边弹拨达比亚。一弹起达比亚，他浑身来劲。恒山在碧江县体委工作，善于弹奏达比亚和跳达比亚舞，舍滴是他的师傅。恒山来匹河看望舍滴师傅时找友仕玩，但两人没有更多地交流达比亚技艺。

1984 年，友仕调入碧江县委，成了大锅炉烧开水工。他时常与恒山在一起玩，恒山教授友仕达比亚套路。一有空闲时间，友仕就跟恒山学习弹拨达比亚调子，学跳达比亚舞。跟着恒山学习，友仕的达比亚生涯步入正轨，正式学习达比亚套路，与过往中的滥竽充数历史告别。恒山喜欢友仕自制的达比亚，拿走了友仕的达比亚。友仕重新制作了一把达比亚。

第二年，友仕又制作了一把四弦达比亚，打算送给恒山的师傅舍滴。在一个星期天里，友仕带着新制作的达比亚，背了一壶酒，跟着恒山去舍滴家拜师学艺。友仕很开心，现在终于有机会正式拜师学艺了。舍滴是位民间艺人，上了年纪，多年来不弹达比亚，也不会跳达比亚舞了。他对友仕赠送的达比亚喜爱之情溢于言表。虽然舍滴不再弹达比亚，不再跳达比亚舞，但听力还好。他听友仕弹拨达比亚，哪里不对及时给予指点。舍滴不再收徒，让友仕拜自己的徒弟恒山为师。尽管舍滴不收自己为徒，友仕还是把舍滴称为大师傅，恒山为二师傅。恒山细心教授友仕达比亚套路。在恒山的指点下，友仕学会了跳达比亚舞。碧江撤县，知子罗作为匹河乡的一部分并入福贡县，友仕离开知子罗到福贡县城上班，达比亚成了他形影不离的好伙伴。

福贡县2017年国家级非物质文化遗产保护项目怒族达比亚传承人第三期培训在知子罗村举办。友仕作为达比亚州级非遗传承人，成了第三期培训班的老师，教授学员弹奏达比亚套路和跳达比亚舞蹈。他边弹边跳，大伙跟着他学。达比亚旋律及舞蹈，令他焕发青春，那份痴迷而快乐的表情，使得他似乎年轻了十来岁。坐在火塘边弹奏达比亚，友仕忧心忡忡，徒弟们并不热衷跟着师傅学习达比亚技艺，已有一把年纪的友仕，唯恐有一天，恒山师傅教授给他的达比亚技艺会失传。

走在知子罗，我无法找到友仕记忆中的知子罗小学，当年的知子罗小学在气象站地盘内，随着碧江县撤县不留痕迹。现今，气象站地盘成了知子罗易地扶贫搬迁安置点。

三

烟雨朦胧，大怒江两岸的山在雾霭中，有的露出山角，有的隐藏着海拔高度，令人感慨“云深不知何处”。美丽公路高架桥附近有一座老桥，新旧公路桥成了鲜明对比。两座桥背依的山就像一个馒头，馒头山后又长出了山，一座又一座山峰连绵不绝。美丽公路桥前有一座雕塑，黑色大理石底座上竖立着一面小红旗，红旗上写着三行金黄色的字：

把农村公路建好

管好　护好　运营好

——习近平

匹河乡沙瓦村易地扶贫搬迁安置点指挥田地处怒江东岸，紧傍怒江。走进安置点，但见一栋栋高楼拔地而起。安置点内，绿树、花坛、菜市场、活动场地等布局合理，树状月季花怒放，空气中弥漫清香。叶子花及别的花儿也不甘落后，争相开放着。站在指挥田安置点观赏江西岸的景致，雾绕着山腰，山与山凹地里露出的白屋，给人世外桃源的感觉。夏天的江水浑浊，怒江狂放不羁。

指挥田集中安置点属于2016年度搬迁任务，共安置搬迁户319户1204人，建筑面积30337.46平方米，共建安置房340套（包括1人户、2人户、3人户、4人户、5人户、6人户、7人户几种户型住房），入住率100%。安置户覆盖福贡县子里甲乡和匹河乡沙瓦村、瓦娃村、棉谷村、架究村、普洛村、果科村、知子罗村、老姆登村群众。住户文化程度既有文盲半文盲，也有大中专生。指挥田安置点设有综合服务中心、综治维稳中心、关爱中心、村史馆、新时代文明实践中心和文化培训中心、“爱心扶贫”超市、文明新风理事会、群众文艺队、物业管理服务中心、活动场所等。我们在怒江旅游纪念品批发中心与正在忙着制作傈僳族头饰的几位妇女闲聊，了解他们每天做工收入的情况，这是东西部扶贫协作福贡县相宜旅游开发农民专业合作社开办的工作坊。

漫步犹如都市小区规划的安置点，我想起了一位怒族老乡跟我讲述的情景：指挥田原先是水稻田，集体化时期，他爷爷吃住在稻田前的一个石板洞子里，守护着这片田野。在匹河小学念书，每到周末，他喜欢到爷爷那里玩。浇灌稻田的水是怒江水，有时，他会在稻田里抓到江鱼。抓到江鱼那天，他和爷爷别提有多高兴了。

指挥田安置点成立了 23 人的达比亚文艺队，其中有 2 名省级民间艺人、1 名州级民间艺人。每晚跳广场舞，每星期进行一次教唱弹跳、传统乐器培训等，丰富了搬迁群众的精神文化生活。隐隐约约，我的耳畔响起了达比亚的旋律。我们近便进入一户怒族人家参观，这是 6 人户的房屋，有 120 平方米，四室一厅一厨两卫，房屋收拾整洁干净。女主人加琴热情大方。我们正在闲聊，她的大儿子回来了。没搬迁前，他们住在沙瓦村子楞八组。他们把安置点的房子叫作新家，以前的老住处叫作老家。加琴的丈夫住在老家，加琴说过两天要回老家，农忙季节到了，要回去与老伴一起做农活。

把农村公路建好
管好 护好 运营好
——习近平

加琴有三个孩子，都是中专和大专生。两个儿子外出打工，女儿在指挥田安置点幼儿园里打工。加琴感慨地说，我们老两口辛辛苦苦地供孩子读书，有知识的人与没知识的人不一样，他们读书有学历，外出打工找工作好找。不读书的人找工作难找，且干的大都是重体力活。

以前，村里人只知种苞谷，加琴家的田地里种了苞谷，每年收入只有 3000 斤。他们住的是油毛毡篱笆房，生活困难。二十世纪八九十年代，政府允许做木材生意，夫妻俩收购一些木料做一点小本生意，积攒了一点资金，率先在村里盖起了空心砖石棉瓦房。随着国家对农村扶持力度加大，惠民政策不断深入执行，加琴家的住房也发生了变化。她记不得再次盖房的具体年份，2004 年至 2007 年间，国家给空心砖、钢筋、窗子等建筑材料，加琴夫妇把他们盖的石棉瓦房掀掉了，重新盖了套房。执行退耕还林、生态家园建设后，国家无偿提供泡核桃苗让村民种，加琴家的核桃已经栽种了 10 多年，有收益了。

2016 年提质增效项目，国家又给了泡核桃苗，让村民补种核桃，以前种下去的，没能成活或品种问题不能结果的，重新补种。加琴家的土地上套种的还有砂仁、橘子等，这些都是国家发放的苗木，2019 年已有收获。她家种植的还有生态脱贫项目发放的枇杷苗等。美丽公路建设中，老家的房子被拆掉了，她家没了生产用房。家里人利用拆老屋的木料在地里盖了一间简易房作为生厂房。加琴的丈夫在老家养土鸡、种红薯、打整果木等，另外他还做牛生意，买来菜牛养殖，成为两家食店的牛肉供应商。

加琴家里有一个棒球加工模子，她说老家也有一个。无论在老家、新家，农忙事、家务事忙完了，她有空就加工棒球。尤其晚上，与家人闲聊看电视，不耽误她加工棒球。在新家里，她有时到扶贫车间加工棒球。2019年，加工好一个棒球可收入一元三角钱，每月政府补助30元。从2020年3月开始，每加工一个棒球，可收入二元五角钱，政府不再补助。农活再忙，加琴每晚加工8个棒球。加琴对易地扶贫搬迁的新居表示满意和感激，对现今的生产生活状态表示满意。达比亚广场舞活动，她有时也参加。

追寻达比亚的旋律，我们到了安置点菜市场，看到一位身材微胖，年龄60多岁的男子，坐在凳子上，悠闲地与卖菜人闲聊，柜台上放着一台小小的收录机。我们上前一问，他是达比亚省级传承人星罗益。我提出到他家里参观，他答应了。

他家有5口人，屋子有100平方米，三室一厅一厨两卫，一个小阳台。他给我们表演了达比亚狩猎舞、割漆舞等。从12岁时，他就跟着民间艺人的父亲学习达比亚技艺。“文化大革命”时期不允许弹达比亚，他家关起门来，自家人跟着父亲跳达比亚舞。当时，父子俩用羊肠子做达比亚琴弦。羊肠子牢固，但声音不响，正好便于父亲关门教授儿子学艺。父子俩不仅弹过羊肠子琴弦的达比亚，也弹过飞鼠肠子琴弦的达比亚。父亲把平生所学的达比亚技艺全传授给了儿子。星罗益收藏着父亲的达比亚，这把达比亚年龄50岁了，这是传家宝，无论别人给多少价钱，他也不卖。

交流缝制民族服装工艺

达比亚旋律是怒族人的话语，是他们唱的歌。星罗益弹起达比亚，用琴弦表达想说的话，就像怒江水奔流，自由豪放。他用琴语表述比用汉语表达流畅。他边弹达比亚边唱《哦得得》。这首传统的怒族情歌，无论到哪个场合，每次听怒族民间艺人演唱，都让我感受到达比亚的魅力。

“在阳光下遇到你们，在月光下遇到你们，是我的一种幸福。”星罗益弹着达比亚，唱了起来。他用傈僳语唱，与我同行的王红当翻译。

2012 年至 2016 年，星罗益是福贡县政协委员。这个从父亲那里传承了达比亚技艺的人，却无法把达比亚技艺传承给儿子。儿子没有遗传着父亲对达比亚的那份喜爱，不喜欢跟着父亲学习达比亚技艺，这让星罗益颇感遗憾。文联召开的会议，他曾作为州、县代表参加。出于对文艺的热爱，他不在乎有无报酬，只要被邀请就参加表演。指挥田安置点成立沙瓦村文艺队，星罗益是老师之一，文艺队员都是他的徒弟，在达比亚传承上，弥补了他内心的失落。

1968年，星罗益是大队、小队宣传队成员之一，时常参加比赛。翌年，他成了红旗中学（匹河中学前身）第一批学员，因村里老人说怪话，他与同村在红旗中学读书的人一起辍学。1972年，不能弹达比亚的禁令得到解除，星罗益家弹达比亚跳达比亚舞不再关着门悄悄地进行，他的达比亚情结得到放飞，在怒江大峡谷里自由放歌。

1975年里的一天，他和村里人到知子罗赶街。他们想在部队丢弃的垃圾堆里捡午餐肉盒子，想用午餐肉盒子当烟盒，上面还可以放火柴。他们没捡到午餐肉盒子，却捡到了废弃的电话线，有黑色外皮，里面有细小的八股线，觉得可用来制作达比亚琴弦，捡了拿回家。回到家，他们撕掉黑皮取出里面八股细线，有四股线是软的，有四股线是硬的，取四股硬线作为达比亚琴弦。从此，钢丝弦代替了羊肠弦。现今，达比亚琴弦可以到处买得到，不再像往年那样稀缺。星罗益制作的达比亚，曾销售给150客栈。郁伍林也曾邀请星罗益到150客栈给客人表演达比亚技艺。

居住指挥田安置点的达比亚省级非遗传承人，除星罗益外，另一人叫波金山，我在150客栈与之邂逅。眼前难以抹去他背对皇冠山，弹着达比亚跳起达比亚舞蹈的情景，我想参观他的新家，可惜他不在家。经打听，他家有四口人，住80平方米的房子，有三室一厅一厨一卫。

2016 年 2 月 8 日，波金山与一位退休教师组织沙瓦村业余文艺队。队员有 14 人，每人凑钱 100 元，队员轮流煮苞谷糁稀饭做东，以此聚会交流达比亚技艺。凡喜欢达比亚的人可参加，人员壮大到 20 多名。波金山向我讲述的这支业余文艺队，是在指挥田安置点成立的，我想应该与星罗益提到的安置点里达比亚文艺队是一回事。

年轻一代的怒族人外出打工的多，不参与达比亚技艺学习，对老祖宗留传的达比亚非物质文化遗产不以为然。年龄 40 岁至 60 岁的人留守家里，加之这把年纪的人比较了解祖宗留下的达比亚遗产，对达比亚有感情，参加达比亚文艺队的人多。作为达比亚省级非遗传承人，波金山对年轻人不愿参加学习达比亚现状隐忧，担心达比亚技艺会失传。所幸他的小儿子孝顺父亲，听从老父亲的心愿没有外出打工，成了他的传人。波金山到 150 客栈演出，小儿子用摩托车接送老父亲，有时参加达比亚演出。

一条河流从新旧公路桥下流过，欢快地投入怒江怀抱。河畔一块又一块规划齐整的菜地，这是指挥田安置点住户的菜地。一间怒族传统民居千脚落地木屋，与周边的高楼大厦成了鲜明的对比。木屋前有一个雕塑，造型为打开的一本书，书的左边页码，最上面印有镰刀锤头党徽，下书“福贡人民十谢共产党”的内容。“书”的右边页码是老傈僳族文字，是对左边页码内容的翻译。“十谢共产党”是直过民族怒族“一步跨千年”的生活写真，是福贡县人民对决胜脱贫攻坚全面建成小康社会的感恩。读着“福贡人民十谢共产党”，心是一首纯朴的诗歌，弹着欢乐的达比亚。怒江水跳着欢快的达比亚舞，群山合唱怒族歌谣。

四

走上架究桥，刚落脚怒江西岸，我们被路边的枇杷林吸引，果实累累，但大都套着套子，没套着套子的，枇杷果金黄。林中有房子，院坝里有两个男的一个女的在闲聊。地上有个小盆，里面装着黄灿灿的枇杷果，小盆边有枇杷皮和果核。我们上前搭讪，女的急忙进屋拿凳子，与其中有个男的热情招呼我们就座，显然这是主人家。另一个男的来自棉谷，是他们的亲戚。

男主人叫和四波，双眼有点特殊，给我的感觉是盲人。随后的闲聊中得知，他视力二级残疾。他家有 5 口人，易地扶贫搬迁到指挥田安置点，新居有 100 平方米，三室一厅一厨两卫。三个孩子在校读书。“新房子好！”和四波对新居的评价朴实无华。妻子比他小 5 岁，做了急性阑尾炎穿孔手术。和四波家缺少劳动力，家庭经济来源主要靠枇杷林。枇杷树栽种时间有 8 年，收益已有 5 年。说起旧房子，他希望能保留成为生产用房。何况旧房子在架究桥附近，方便过往行人避雨歇脚。作为易地扶贫搬迁户，和四波妻子拥有生态护林员公益性岗位。来自棉谷的村民说，他家从上棉谷搬迁到下棉谷居住，自建房有国家补助。

嘟嘟哩（吹短笛）

棉谷村印象

枇杷林中的房子是独家村，侧对一个险峻的石峰，与钢索吊桥架究桥毗邻，背靠怒江。不时有车辆从架究桥上过怒江，从枇杷林与石峰间穿过，向着远处的架究村而去。和四波的妻子进了一趟果林，出来时手里多了几串枇杷，热情地让我们品尝。

和四波种植枇杷前养殖羊。当时，枇杷林所处的位置是芭蕉林。有一棵高高的枇杷树，树干粗壮，孤零零地傲立在芭蕉林中间。放羊倌和四波面对枇杷树，心想，在匹河种植枇杷树的人少，种植枇杷，卖枇杷果肯定赚钱。若种枇杷，一定要种出最好的枇杷，卖最好的价钱。和四波这样想，并付诸行动。他有位姐姐远嫁到丽江永胜县花鼓村，那里枇杷多。2011 年，和四波把羊群卖掉了，身上揣了一包钱，前往姐姐的婆家花鼓村，购买了 50 株枇杷苗。

山高路远，怒江大峡谷交通不便利，和四波在花鼓村以 8 元一苗购买的枇杷苗，带到架究树，成本变成了 40 多元一苗。回到架究村，他把 50 苗枇杷分了一半给亲戚朋友们种，自己只种了 20 多苗，种植面积六七分地。三年后，从丽江购买的这批枇杷苗长大结果，他悬着的心落地了。他没买着假苗，且枇杷品种好。在市场上，他家种的枇杷卖了好价钱。枇杷树长得过高不利于摘果，需要爬楼梯，他用心去看去学别人如何嫁接修剪管护枇杷。在他的努力下，他种出了矮树种枇杷树，方便采摘。夫妻分工，他负责种植和管护枇杷，培育枇杷苗，妻子负责到匹河街上卖枇杷。

雨不知不觉停了。我和同伴告别热心好客的和四波夫妇，向着架究村走去。一路上，我的耳畔响着达比亚的旋律。走在怒族村寨，人心是欢快的达比亚曲调，充满对新时代的感恩。很想问和四波和棉谷来的村民，会弹达比亚吗？但看到和四波的眼睛，我又止声了。没有什么比人心是幸福的达比亚更好的了。

寻访架究村达比亚民间艺人未遇，我回到六库城 5 个月后，怒江州文化和旅游局组织召开 2020 年怒江州民族民间传统音乐传承与发展研讨会，我受到邀请，作为专家之一参加研讨会。晚上，我们观看了怒江州民族民间音乐·国遗项目“傈僳族民歌”展演直播，其中有个福贡县代表队表演的节目，一位怒族民间艺人弹奏达比亚演唱《哦得得》。他穿着对襟麻布衣服，麻布七分裤，头缠黑色帕子，穿着一双黑布鞋，腿上有竹片绑腿，斜挎一个傈僳族布口袋，跳着达比亚，神态自若地弹着唱着。后经请教，他这身装扮是传统的怒族男子服饰，竹片绑腿是怒族人在原始刀耕火种时期发明的，防止滚石打伤腿。

第二天，“傈僳族民歌”展演在城墙坝易地扶贫搬迁安置点和谐社区演出，我得知昨晚表演“哦得得”的民间艺人来自架究村，不由想起架究桥头前那片枇杷林，难以忘怀行走匹河怒族乡时响自心底的达比亚旋律，决定跟踪采访这位民间艺人，得以再次观看他弹奏达比亚演唱《哦得得》。那夜的演出，受到了安置点群众的热烈欢迎，整个活动场地甚至舞台前后都是热心的观众，他们或坐或站，不时报以会心的微笑，掌声热烈。在众多的傈僳族节目中，穿插着怒族节目和普米族节目，令人印象深刻。

表演“哦得得”节目的人是怒族民间艺人波益四，来自架究村路门组。波益四师从父亲，父亲会 76 种达比亚套路，波益四只会 56 种。波益四于 2008 年成为达比亚省级非遗传承人。他有 25 名徒弟，其中有 4 人像他一样会弹会跳达比亚套路，但只学会 14 种套路。架究村有 8 个小组，除村委会旁边那个小组无人学外，另 7 个小组都有他的徒弟。每个周末，他轮流去各个小组教授徒弟。

路门组地处高黎贡山腹地，与东岸的知子罗、老姆登隔江对望。从匹河到路门组，波益四走路 3 个小时，游客要走 6 个小时才到达。1992 年，辽宁电视台导演高国栋和他的摄制组走进了怒江大峡谷，在路门组与波益四一家人生活了一段时间，拍摄了纪录片《怒族一家人》。2002年，摄制组再次来到路门组拍摄波益四家。《怒族一家人》以纪录片的方式，记载了10年时间里波益四一家人的发展变化：从刀耕火种的原始落后面貌到会使用地膜覆盖和农肥，有限的土地产量收入提高了；波益四父亲信奉祭鬼治病，他去世后家人相信医学；村寨发生变化，通了电，波益四家里有了电视机，他们通过电视了解外面的世界，眼界不再全封闭了；1999年，路门组划入高黎贡山国家级自然保护区后，波益四担当了天然林保护员工作，民间艺人波益四成了天保员，家里有部分地退耕还林；大女儿在村里读过小学四年级，长大后出嫁了；二女儿因家庭贫困没读过书，父母希望她嫁个好夫婿；三女儿还在读书，希望考上大学，在城里有个好工作，把父母接到城里享福；波益四不仅能制作达比亚，会跳多种达比亚套路，还能编曲填词；波益四参加上海国际旅游节，把怒江大峡谷的怒族“哦得得”表演给中外游客。此行，更加坚定了他把“哦得得”传给二女儿的决心，要把怒族传统文化传承下去。

1976年8月，波益四从碧江五七农中毕业，开始向父亲学习达比亚技艺，他只有一个心愿，父母老了后，达比亚技艺后继有人，不会失传。1984年，波益四第一次到六库，他是怒江州第一届文联委员，到州歌舞团参加文联委员会议。作为民间艺人，他曾是原碧江县代表之一，参加每年的阔时节演出。在碧江县文艺演出活动中，他时常摘取一等奖的殊荣。

1998年4月，由州歌舞团团长杨元吉带队，20多名怒江民间艺人到昆明演出。他们在安宁市太平乡普乐村云南民族文化传习馆，由波益四作为教师，教授怒江人跳达比亚舞。杨元吉把怒江队带到传习馆，交代注意事项后回了怒江。8月底，波益四及大部分队员回了怒江，只留下3位怒江队员继续学习其他民族舞。同年10月，波益四在怒江州旅游局安排下，到上海参加国际旅游节，与老姆登村的一个女的弹跳达比亚，男女情歌对唱“哦得得”。

2003年2月，中国音乐学院教授李文珍率研究生小组的4名研究生到福贡县匹河怒族乡调研，让州歌舞团长杨元吉推荐怒族民间艺人。杨元吉推荐了波益四。得知波益四教两个女儿学跳达比亚舞，学唱“哦得得”，李文珍教授称赞波益四的做法，鼓励他把所懂的达比亚技艺教授给下一代人，让怒族人一代代传下去，别让怒族传统文化遗失。

为了演示怒族传统文化，波益四在匹河搞了一次神秘的祭祀活动，在乡政府院坝里烧起了一堆火。祭鬼神时要唱祭祀调，他为难地说，祭祀调不能随便唱，不能无病呻吟，没有病说有病，搞不得。李文珍教授鼓励他，不怕，你放心大胆唱，就当我有病，把我说给鬼神，她叫李文珍，从北京来，病在怒江了，所以你们祭鬼神的牺牲对着我。祭祀时，需要跳火塘，李文珍教授二话不说，搂起裙子在火塘上跳来跳去。李文珍教授对民族文化的研究不计较禁忌，敢于牺牲自己，这种精神赢得了杨元吉、波益四的敬佩。

波益四小名叫哦得得。他开心地说，广西电视台也来过路门小组采访他，广州电视台也来采访过。他动情地向我讲述广州旅游人刘铭初来到路门小组的情景。2017 年，刘铭初偕同妻子到匹河乡寻访波益四，刘妻走不动山路了，在匹河街等丈夫。刘铭初走了 6 个多小时的山路来到路门小组，挨家挨户喊“哦得得，哦得得”。波益四已在自家屋门外的路口等着他了。刘铭初喊着“哦得得”到波益四大哥家门口时，波益四听到了，赶忙答应，与刘铭初打招呼：“我在这里，下面是大哥家。”刘铭初高兴地说：“哦得得，终于找到你了，你好难找。”说完，他掏出手机给妻子打电话，告诉她，找到哦得得了。

翌年，波益四盖了三间新房。房子盖好不久，波益四接到刘铭初打来的电话，说他带队共有 9 人来路门组，让波益四买些行李，路门组那里有点冷。刘铭初吩咐完后，给波益四汇来了 2000 元。波益四添了点钱，买了 10 套被子。家里只有 4 张床架，他向村里借了 5 张床架，安顿客人。

波益四家除了退耕还林地外，还种了 3 亩草果地，草果苗由国家提供。草果已收益了 3 年，一年比一年好。波益四有 3 个女儿，都是远嫁。两个大女儿心灵烙印深深的感情创伤，带着孩子回到了父母身边生活。小女儿没有考上大学，嫁给一位湖南人为妻。小女儿出嫁时，波益四不要彩礼，说好老两口由小女儿夫妇养老。小夫妻守信用，回湖南不多几年，就带着孩子回到了路门组，与双亲生活在一起。近来，女婿身体不舒服，留守家里，小女儿出远门打工去了。大女儿带着孩子易地扶贫搬迁到五湖安置

指挥田安置点

点居住。二女儿拥有护林员公益性岗位。小女婿擅长烹饪，在湖南当过厨师。每当孙儿孙女放假从学校回到家，波益四教他们唱跳达比亚，但不敢教他们弹达比亚，怕影响他们学习。在爷爷的影响下，孙儿孙女喜欢上了达比亚技艺。

波益四憨厚地说："我是省级传承人，国家每年给我补助，就是让我把从老父亲那里学来的技艺传承下去。"他转村授徒，从中午 12 点到下午 5 点。有时大家累了，他请大家喝酒解乏，告诉大家，我们不能丢了怒族文化，老祖宗留传给我们的东西，我们要承传下去，这是我们怒族人的利益。有时徒弟们来家里学艺，他煮上一锅苞谷糁稀饭招待徒弟们吃晚饭。波益四的真诚感动徒弟们，都愿意跟他学达比亚技艺。

老姆登村 150 客栈，怒族民间艺人给客人表演达比亚套路，演唱"哦得得"，郁伍林有心关照波益四，但因为路门组没通公路，且与老姆登相距甚远，所以波益四参加的次数少一些。波益四没有易地扶贫搬迁到山下住，他说在路门组观赏怒江大峡谷，视野开阔，可以看到碧罗雪山的壮观景色，江对岸的知子罗、老姆登风光尽收眼底。令波益四开心的是，从架究村委会到路门组的公路挖通了，一直通到他家门口。这条毛路硬化，水泥公路有望于 2020 年底开通。

交通问题得到改善后，波益四要在家里经营客栈生意。小女婿在湖南当过厨师，是现成的掌厨人，客栈员工是自家人，儿孙们可以给客人表演达比亚技艺。对于达比亚非遗传承，波益四痴

情不改，他诚恳地说，给不起徒弟们务工补贴，但他也不收学徒费，为了怒族文化传承，他愿意教给徒弟们所知的达比亚套路，免费教授……

城墙坝安置点的演出达到了高潮，观众的鼓掌声响彻夜空。怒江扬波，哗啦啦地向前欢快流淌。在这美好的夜里，我对波益四深深祝福，希望他的美好愿望早日实现。届时，我邀约朋友从六库城出发，驱车奔跑在美丽公路上，经匹河街，由架究桥渡过怒江，穿过怒江西岸的架究村，往路门组驶去，到波益四家品尝怒族农家风味饭菜，坐看怒江大峡谷壮美风光。

快乐的达比亚，我们弹起来，跳起来，唱起来：“哦，哦得得，哦得得！米勒玛沃哦得得，哦得得，甲来玛沃哦得得，哦得得……”[①]

---

① 流传在老姆登、知子罗的一首怒族情歌。汉译：噢，十分想念你呀，十分挂念你啊！

托坪欢歌

一

烟雨朦胧，怒江大峡谷更显壮美。公路从谷底的怒江畔顺着山势往天上爬，在山脊上写下了一个又一个“之”字，俨如盘旋在古老图腾中的蛟龙，却又展现出凌云壮志的现代豪情。一树油桐花扬着湿漉漉的笑脸，恣意吟咏关于春天的诗句。眼光流连登天云梯的公路，不由得想起滇缅茶马古道，思绪穿越千百年的怒江历史。看着怒江州打响扶贫攻坚战以来的可喜变化，让人情不自禁唱起《歌声飞出心窝窝》。这首歌一路伴随怒江人走过改革开放 40 年，唱出了精准扶贫阶段怒江人的感情。

地处怒江西岸的托坪村，距离江东岸福贡县匹河乡政府驻地只有 1.2 千米，但至今仍未通公路，连接两地往来的是一座人马吊桥。托坪村辖 4 个自然村 6 个村民小组。这个只有 166 户 660

口人的怒族村，建档立卡贫困户就有107户424人，贫困面之广可想而知。

各级政府对托坪村扶贫工作的重视，让这片土地焕发出新的生机。走过一座横亘怒江上空的铁索吊桥，就来到了托坪村五湖小组，迎接我的是托坪村易地扶贫搬迁安置点的现代化建筑楼群风貌。这批已经封顶的楼房群，可望在2018年6月里有60户村民搬迁入住。而第二批待建楼群也正在加紧建盖，同样可入住60户。另外待建的还有公共活动室等。站在村委会宣传栏前，读着脱贫攻坚之易地扶贫搬迁、精准识别及技能培训等活动的图文介绍，心湖荡起涟漪。

小鸟啁啾，在江边与山顶间的层层叠叠绿色中回响。走上通往托坪小组的山路，我忍不住回头打量来时的路，眼光被一幅布标吸引："新征程，我们撸起袖子加油干！"红底白字在一片绿色中格外显眼。山峰陡峭，山路蜿蜒曲折地向山顶爬升。托坪小组离五湖小组5千米，需要在山路上攀行两小时才能到达。

到达托坪小组后，村民的贫困状况远远超出了我的想象。站在托坪小组鸟瞰怒江大峡谷，从碧罗雪山、高黎贡山的夹缝中奔涌而出的怒江汹涌澎湃，两岸峰峦连绵不绝。从托坪小组到腊甲底再到洛本卓乡俄嘎村，从27号界桩翻越高黎贡山，就到了邻邦缅甸。时光深处的茶马古道，对于托坪小组村民来说并不陌生。比起颠簸在茶马古道上的祖先要时刻面对险恶环境与防不胜防的匪患劫难，如今安宁的生活令怒江人心存感恩。守着大山，生命坚韧如磐，守着怒江，生命绵延不绝，这或许是怒江人的禀性所在。

坐落在高山上的托坪小组，坡度不低于四五十度。因为这样的居住环境，托坪小组村民无法集中连片住在一起，可耕种的土地也很有限。我们来到了村口的根四生家。土坯墙石棉瓦，屋门向着怒江开，背后是一片花开得灿烂的油桐林，简陋的住房在油桐花衬托下，呈现出淳朴的原始美。户主根四生不在家，女儿在普洱读大学，老母亲在家，正忙着给鸡喂食撒苞谷籽。散落在房前屋后的 20 多只土鸡争先啄食。根四生家有核桃林 4 亩，还没挂果。她家生活主要靠低保，还有饲养高黎贡山猪和土鸡。房子前面种着一片草莓。草莓花开得热闹，白色花朵呼应屋后的油桐花，置身花丛，欣羡爱美人家的勤劳和聪慧。

进入村民五四益家，他屋里没有一件值钱的东西，家徒四壁的现状令人感到心酸。五四益指着墙壁上挂着的一幅照片让我们看，相片中一位年轻军人正对着我们微笑。五四益高兴地说，这是他的大儿子，在迪庆当兵已经是第 5 个年头。5 个孩子中，3 个姑娘有两个出嫁，一个下落不明，四儿子在州民族中等专业学校读书。去年开始，托坪村退耕还林，地里不能种苞谷了，他种了三亩茶叶、两亩漆树，养了三窝蜜蜂。

走在托坪小组，我的眼光总是被房前屋后的油桐花吸引。树树油桐花开，使得托坪小组春意盎然。每户村民，虽然房屋简陋，但都打扫得干干净净。我不由得想起通往托坪小组的路上，或插

在地上或架在树上的竹编漏斗状的垃圾篓。乡里在托坪村委会举办卫生教育培训，培养村民养成良好卫生习惯。走访托坪小组农户，大家提到最多的是茶叶，或多或少，大多数人家都种茶。乡政府在托坪村举办培训班，给村民发放茶苗栽种，依托老姆登茶品牌带动托坪村增收。托坪村还栽种核桃、漆树、草果、柑橘、樱桃等。

伫立山头眺望怒江，由托坪村的脱贫攻坚想到怒江州的脱贫攻坚，心潮滚滚。怒江州是我国深度贫困的“三区三州”之一，易地扶贫搬迁是脱贫攻坚中的重中之重、难中之难。为建档立卡户改变“一方水土养不起一方人”的现状，实现不愁吃、不愁穿及义务教育、基本医疗、住房安全有保障，搬出大山摆脱贫困，党中央把怒江州脱贫攻坚放在心窝里，积极转变群众观念。

匹河乡政府采取易地扶贫搬迁与产业培育、社会保障有机结合的模式，依托怒江美丽公路及怒族特色旅游小镇建设等，带动当地的餐饮等服务行业。而吴符崖画、怒江大峡谷景观等，都是托坪村旅游所具有的得天独厚的条件。

小雨过后，山色空蒙，空气格外清新。返回乡政府的路上，我们遇到一位赶集归来的村民，言谈间对易地扶贫搬迁充满感激。这个村民对我们说："今后不用扛着一袋米上山了，孩子读书回家方便，去乡医院看病更是方便了。至于要到地里干活嘛，在山上住一两个月就行啦。"我们被这位山民的快乐感染，下山的脚步轻快了起来，感觉崎岖的山路不再像来时那样难走。

二

站在美丽公路护栏前，居高临下望托坪桥，这座新兴的钢索公路吊桥，两头衔接宽阔的水泥公路。以托坪桥为中心，向西通向托坪村易地扶贫搬迁安置点五湖，向东通向美丽公路。怒江由北向南流淌，江水湍急。站在托坪桥上望流水，怒江东岸有碧罗雪山，西岸有高黎贡山，两座山脉夹峙形成的怒江大峡谷，壁立的峰峦把"壮观"两字刻写在大地上。

早晨，我们走过托坪桥，向着怒江西岸的五湖易地扶贫搬迁安置点走去，一种幸福的感觉油然而生。两年前，同样在草长莺飞的四月，我到托坪村时，五湖易地扶贫搬迁安置点的建筑群尚未盖完，而作为托坪村委会所在地，五湖特色旅游村打造正在实施中。而今，五湖特色旅游村与安置点连片，平房及高楼拥有同样的墙体颜色，抒写怒江畔现代乡村建设的篇章。匹河怒族乡政府所在地匹河街与五湖易地扶贫搬迁安置点隔江对望，整洁的村道犹如徐徐拉开的布幕，开启我对怒族聚居地的乡风文明建设印象记。

漫步五湖易地扶贫搬迁安置点，托坪综合服务中心、金融服

草果秆编织车间

务站、村史馆、物业管理、爱心扶贫超市、电子商务公共服务点、物流配送点、扶贫车间、关爱中心、农家书屋、文化培训中心、幼儿园等，安置点内设置齐全，居民生活方便。我在两个扶贫车间逗留的时间较长，与缝制棒球的村民和编织草果秆工艺品的村民们闲聊，他们对能在家门口打工表示满意。来自色德村的扬琴妹家有10口人，在五湖的新居有140平方米。以前她到浙江打工，现在不愿出远门打工了，她在扶贫车间缝棒球，一天缝30个。在家门口打工便利，她用不着远离家乡去讨生活。

托坪树有4个自然村6个村民小组，其中色德组分为两个小组，即色德一组、色德二组。牵挂两年前到托坪小组入户调查的人家，当时处在驻村工作组及各级政府力量动员村民易地扶贫搬迁，州文联和州作协组织作家们进村入户采访活动，文学助推脱贫攻坚。村民们有个情结，那就是故土难离，舍不得老祖宗留下的火塘，这给宣传动员易地扶贫搬迁工作颇多考验，如何转变村民根深蒂固的观念，颇让工作队员们伤脑筋，没少想法子。现今，五湖安置点入住率100%。对曾经采访过的托坪组村民，我想了解他们在五湖安置点的生活状况。

我向村武装干事打听托坪小组安置户五四益家。被告知，五湖易地扶贫搬迁安置点上有户居民叫王四益，另有一户居民叫我四益，没有五四益。我懵了，想起在五四益家门口与他坐看怒江大峡谷的景致，在他家屋子里采访的情景，心想“五”“我”可能在民族话中读音相近，被翻译者听错了，所以翻译错了，决定先去我四益家，见到本人再说。叩门而入，热情的主人不是我要寻访的五四益，五四益是托坪小组的村民，而我四益来自色德二组，是该组的小组长。

我四益家的新居是5人户型，有100平方米，三室一厅一厨一卫。客厅中的矮柜、电视、冰箱，厨房用品，以及一间房内的木头床及床上用品，这是国家赠送的。正值春耕农忙季节，我们没见到我四益的妻子与孩子们。我四益的妻子在老家忙地里的农活，他因有事处理，回到新家小住两天，明天也要回到色德二组的老家，投入春耕农事里。

我四益的一个孩子到珠海打工去了，有两个孩子在校读书。他家的产业有草果50亩，其中有的已收益。另有重楼、山椒椒4亩左右，还有一些核桃、漆树等。一年内，他家可制作10多斤核桃油、漆油，供自家食用。福贡县主打产业是草果、茶叶，国家产业扶持供应草果苗、茶苗，色德一组二组于2017年种植的茶树成活率高，2020年后可以采茶了。采茶的同时，扩大种植，村民又种植了130亩茶叶地。我四益家种植茶叶13亩。

与来自色德组的我四益闲聊，令我想起两年前的事。当我们这伙文学艺术工作者结束托坪小组的采访，返回乡政府的路上，遇到一个人一匹马，人扛着两根细钢筋，马驮着两袋水泥。山高路陡，走不多远，扛钢筋的人把钢筋放在地上休憩，马站在他旁边喘气。一打招呼，才知他是色德人。他说，他就靠这人扛马驮建筑材料，建设在色德村的家，即便村里的人搬迁到五湖易地扶

托坪村老家

贫搬迁安置点，只剩下他家一户在村里，他也会守着老祖宗留下的火塘，守着村庄，哪里也不去。巧的是，与这村民挂包帮的乡干部与我们同行。我们离开村民后，乡干部讲起他一次又一次去做这个村民的思想工作，想法子说服村民家搬迁到五湖，可这个村民固执己见。乡干部没有一声抱怨的话，毫无气馁，坦言不会放弃这户人家，说工作还得继续做下去，想法找到突破口，直到说服这个村民愿意易地扶贫搬迁到五湖安置点生活。乡干部的话令我们深知做群众工作的艰难，改变他们的思想观念不容易。因

五湖安置点一隅

为路上的这个插曲，令我对“色德”这个村名印象深刻。而今，这位固执的村民情况怎样了？同行人帮我打通了乡干部的电话，我们进行电话采访，得知他最终做通了这位色德村民的思想工作，这个发誓守着老祖宗留下的火塘不搬迁的村民，而今已搬迁到五湖安置点了。正值农忙，他回了老家干活。

我说起两年前进村入户采访五四益家的情景，介绍他家的情况。村武装干事和我四益都说，这正是王四益家。

告别我四益，我们往王四益家走去，村民们大都回了老家忙春耕，王四益家里没人。我决定放弃寻访村民，晚上再来五湖安置点找人，村民们在地里忙活了一天，有的晚上回来新家住，不至于像白天一样铁将军把门。从五湖易地安置点往托坪大桥走去，我们又重走来时路。宽阔的村公路两边红旗猎猎，江风带来春天的问候。在托坪桥上漫步，没有什么比怒江大峡谷天堑变通途更深刻的感受了。

走上美丽公路，这条由原来的单行车道扩修成双行车道的峡谷公路，不时有叶子花开眼眸。无论沿着怒江往南到匹河中学，在飞来石旁小憩，还是沿着怒江往北到匹河街，在哈尼西工作室品茶，行走匹河乡，我的耳畔挥之不去《歌声飞出心窝窝》的旋律。

晚饭后，我们向五湖安置点走去。从地处东岸的匹河街到地处西岸的五湖，最近的小路要经过一座人行吊桥。走在吊桥上，快到桥中间时，吊桥晃动了起来，桥下的怒江在我眼里变得异常汹涌，头晕眩了起来，我本能地抓住同伴的挎包带子，在同伴的帮助下走完吊桥。站在怒江西岸，回首望向江东岸的匹河街，雾霭淡淡，参差不齐的高楼在大山怀抱里别有一番风采。江风吹拂，吊桥在怒江波涛上安然。

敲门半天，王四益家依然无声无息。邻居说，一整天没见到老王了，他肯定回老家干活去了。春耕来了，托坪小组的人大多回老家忙活农事。早晚寻访王四益不遇，有点遗憾。我们走向另一栋楼，拜访根四生家。

五湖安置点的新家

应声开门的是一个男生，说他是根四生的儿子，我意外且惊讶。根四生的儿子在普洱学院读专科，报了学校的专升本，继续读本科。这是一个单亲家庭，一家3口由三辈人组成：外婆、妈妈、儿子。60平方米的户型。儿子说："外婆得了白内障，做手术也不起作用，眼睛接近失眠，勉强自理，出门比较困难，于是待在老家，那是她熟悉的地，行动方便一些。在妈妈帮助下，外婆偶尔下来新家住上几天。家里全指望妈妈，她比较辛苦。因为外婆需要照顾，妈妈做不了啥生意。"

在五湖安置点，根四生受到特殊照顾，拥有两个公益性岗位：

生态护林员、保洁员。保洁员在五湖安置点轮流一个星期值扫。我到根四生新家时，正巧她不当值，回了老家。新家里只有她儿子在家。国家产业扶持，根四生家也和托坪小组其他村民一样，种了茶叶、核桃，目前还没收益。她还与娘家兄弟合种草果。根四生的儿子参加种草果，他对背草果苗的劳动经历很是自豪。可惜山上的土地有限，他家产业栽种面积有限。都说穷人的孩子早当家，根四生的儿子也不例外，言语里充满了对母亲和外婆的疼惜和热爱。他的心愿就是通过自己的努力，能够让两位亲人老有所养，能够过上幸福快乐的晚年。

两年前，怒江州文联组织作家们深入托坪小组采访时，路过根四生家门前，我与三位朋友被油桐花开的怒族民居，以及站在走廊上给鸡群撒苞谷的老奶奶吸引住了，不由上前闲话。老奶奶讲怒族话，我们听不懂，而她不懂汉族话，无法跟她交流。我们中有一位傈僳族作家，她跟老奶奶攀谈了起来，一边与老奶奶交流一边翻译给我们听。在王四益家采访时，也是她充当翻译。为何把王四益翻译成五四益，把根四生的儿子翻译成根四生的女儿，以至我当年写散文时落下纰漏，再回五湖易地扶贫搬迁安置点拜访村民时颇多尴尬，我想可能是与两人所掌握的民族话不同导致的后果。这意外插曲，让我再访五湖变得可爱了起来。

根四生家隔壁住着妹四妞家，我在草果秆编织工艺品的扶贫车间与之交流过。在扶贫车间里，她穿着怒族服装，手脚麻利地忙活着，对我拿着相机抓拍她劳动的镜头见惯不惊，落落大方地

峡谷景色

回答我的问话，一边说话一边双手不停干活。我们与根四生儿子闲聊结束时，她走了进来，盛邀我们到她家坐坐。妹四妞家与根四生家是一样的户型，她与老母亲、兄弟组合成一家。兄弟因病辞世，老母亲与她相依为命。妹四妞拥有公益性岗位保洁员。老家的房子是生产用房，老母亲有时住在老家。妹四妞的姐姐家也易地扶贫搬迁到五湖安置点，姐姐家是 4 人户，住房面积 80 平方米。姐姐年已超过 60 岁，按规定不能拥有公益岗位。姐姐的两个孩子在山东打工。老母亲独居山头上的老家，而妹妹在安置点上班，照顾老母亲的责任便落在姐姐头上，姐姐时常在老家陪伴母亲。

托坪村的人难以忘怀两个日子：2016 年 6 月 13 日，时任中共中央政治局常委、国务院副总理、国务院扶贫开发领导小组组长汪洋到托坪村托坪小组调研。2018 年 1 月 26 日，他再次来到托坪村，在五湖易地扶贫安置点调研。他到妹四妞家了，当时她不在家，只有老母亲在家。虽然没见到国家级领导人，但汪洋副总理到过家里，妹四妞引此为荣。

夜色深深，五湖安置点的灯火就像落在怒江畔的五彩星星。太阳能路灯在核桃林间延伸。我们向着吊桥走去，经过核桃林，乡村的夜晚显得生机勃勃。怒江涛声分外响，大地有爱的回音。